虛擬詩情

言雨 著

但是他們不存在，老兄，這就是重點。他們活在藝術的烏托邦裡，全是莎士比亞的機巧和智慧變出來的戲法。

——《大海，大海》艾瑞絲・梅鐸

目次

一、內景

燈光昏紅的小房間裡，簡陋的床墊上躺著身穿工作服、短髮、體型結實的生銅。時間還沒到，他不懂自己怎麼醒得這麼突然。只要不斷電，工作排程會定時提醒他該做什麼事，該往哪裡去。他現在應該保持休眠，讓程式檢查他全身上下的軟硬體，確認明天一早是否能夠繼續工作。維護程序至關緊要，只是那個嬌小、略顯豐腴的女人脫去連身工作服走進房間，事情似乎沒有這麼簡單。

她姿態嬌媚騎上生銅腰間。

這下事情清楚了，迷濛中生銅瞇眼想看清她的臉，卻始終無法成功聚焦。他在作夢，夢見電訊網路中的幻影，一個不存在的女人。女人拉開生銅的工作服拉鍊，像打開工具箱一樣打開他的胸腹。生銅閉眼微笑，他感覺身體給人掏空，有種解脫感，一種進入休眠也感覺不到的安全舒適。

天使，那些在天上飛舞的幻想，彎腰貼近他耳邊。

擁抱那抹白／銅鑄的光懸在涼夏

二、外景

生銅彎腰，手伸向浮島邊緣的白色花朵，勁急的東北風吹得他耳中滿是雜訊。他拿下護目鏡，免得上頭的印刷標籤阻擋視線。任他翻遍資料庫，搜遍全球網際網路，都找不到這種白花的資料。偏偏這種花又是如此常見，就開在垃圾浮島的邊緣，依靠海水的浪花而生。生銅握住花枝，用力想折下花朵，堅韌的花枝卻不肯屈服。

「生銅。」

生銅深呼吸，暫停一下。他不想把花弄壞，厚重的手套讓他不好控制力道。生銅脫下手套，伸手緊緊抓住矮小的枝幹，枝幹上粗硬的短刺刺激他的感官系統發出一連串訊號。

「生銅！」

生銅用力一拉，花根終於屈服離土。生銅呼呼喘了兩口氣，注意力總算從花朵上移開，注意到海岸另一端，體型粗獷、外貌粗野的安哥正對著他大喊。

「生銅仔！」

「什麼？」生銅喊了回去。

「快點回來！」

生銅有些摸不著頭緒，只好應聲站起來。

大錯特錯。

膝蓋用力的當下，生銅立刻聽見警報聲在腦中大肆叫囂，負責偵測環境異常的感官系統發出嚇人的警訊。周圍的垃圾浮島四分五裂，依靠植物根系連結的板塊崩散，黑色的海水濺上工作靴。

「生銅仔！」同組的七逃仔和跛腳不知什麼時候出現，和安哥站在一起瘋狂揮手叫喚。生銅處境危險，必須有所行動。他鼓起勇氣向夥伴方向邁出一步，寬闊的裂痕像條瘋狂的黑蛇直向三人而去。

「幹！」

「生銅仔！」

「跛腳的快跑！」

生銅望向前方，七逃仔跑最快，手裡還抓著行動不方便的跛腳，逼他一起往前衝，頻頻回頭的安哥浪費時間關心落在後頭的夥伴。生銅挺起腿腳一跳一跨，越過崩散碎裂的板塊。腦中交錯浮現的訊號刺激，他愈跑速度愈快，海浪淹過碎裂的浮島，伸長滿是泡沫的舌頭要捲走生銅的靴子。那瞬息萬變的怪物會把一切吞下，磨成面目全非的碎塊。生銅沒命地跑，連滾帶爬在垃圾堆裡掙扎逃生。

大海來了。

「生銅仔！」眼前是安哥伸長了手，跛腳和七逃仔漲紅臉在沙灘上大吼。生銅奮力一跳，握緊手上的白花，跳上沙灘連滾三圈才止住後勢。

「你怎樣?你怎樣了?」三個同伴圍上來，七手八腳把生銅從沙灘上翻過來。「有沒有哪裡沾到海水?」

「沒、沒有，我沒事，沒有沾到水。」生銅搖頭表示平安，舉高左手擋開同伴粗魯的關懷。

「沒要揍你啦，這麼緊張做什麼。」氣氛稍一鬆懈，七逃仔臉上立刻出現笑臉，像隻猴子笑得吱吱響。「你看看他這樣子，好像怕我們揍他一樣。」

「少講廢話，把人扶起來。」安哥沉聲說。

「我沒事。」生銅握緊拳頭，用身體擋著掌中嬌弱的白花。他的手掌給花枝刺破好幾個洞，但好險花朵沒事，一路顛簸沒有弄壞潔白的花瓣。

「你手上拿什麼呀?」跛腳拿掉護目鏡，瞇著眼睛問道。

「沒事。」生銅說，同時腦子裡盤算要怎麼把花收到三人看不見的地方。

「那是花嗎?」七逃仔問。

「花?」安哥皺起了眉頭。

「生銅仔你剛才去摘花嗎?」跛腳也問。

「你剛剛是臭聾還是癡呆?我叫你不聽，就為了這朵花?」氣鼓鼓的安哥似乎正在膨脹，生銅眼角餘光看見浮島已經全盤崩解，沉入大海中。

「要命喔，為了一朵花命都不要了，弄到整攤倒光光。我們是銅鐵仔，不是活人，摔下去會出事你不知道嗎？」跛腳說。

「好啦、好啦，你們不要一直罵他，說不定他是有特別任務，所以才要摘花回家呀。兄弟，我說對不對？你最近到處亂跑就是因為特別任務對不對？」七逃仔接話說，看他和跛腳都這麼幫忙，生銅實在沒辦法繼續隱瞞他們。

「不是特別任務，我——」

「你怎樣？」

心中有決意是一回事，安哥無聲的凝視又是一回事，生銅忍不住在想像中嚥了一下口水。港工沒有唾腺，只能如此聊勝於無。

「等一下一邊充電我們一邊講。」他說。

「還要充電才能講？你是要跟我們講故事，還是要跑馬拉松？」七逃仔立刻把話接上。

「嘴塞著，快點做事。」

生銅可以聽見安哥冷颼颼的口氣後，藏著熱辣辣的火。

*

扛起裝備往坑坑洞洞的馬路上走，是銅鐵仔每天的功課。今天不知道幸還是不幸，浮島沉入海裡，四人來不及撿到太多東西，背包裡除了工具之外沒有多少收穫。安哥眨眨眼，眼裡發出綠光接上總公司的網路，把浮島崩塌的消息回報後帶上三個同伴離開海岸。海風雖涼，偏西的太陽還有餘溫，這時候回鎮上休息，生銅心裡忍不住有些罪惡感。他們是永續能源的港工，是永不疲憊的銅鐵仔，是國家經濟的大動脈。人格模擬生成的罪惡感，傳進他的核心處理器。

這句話也印在下港小鎮的出入口，上頭有個手繪的美女撐著斑駁的笑容秀出標語。七逃仔說他們其實比較像是國家經濟的大腸頭，專門撿屎撈屎。幫他寫設定的工程師，顯然不太在意港工的修養。

生銅、安哥、七逃仔、跛腳四人來到擠滿銅鐵仔的餐廳，十幾排的長餐桌上每個座位都裝著燈泡。他們找到四個相連的座位，扛著裝備擠進去坐定，安哥和七逃仔的燈馬上變成綠色，充電餐桌正常運作。生銅挑到一張壞的，面前的燈閃了兩下紅光才變成綠色。跛腳的更慘，燈泡連反應都沒有，要他撐著壞腿連續起立坐下好幾次。

「跛腳的，你接觸不良喔？」七逃仔問道。

「對啦、對啦，你又不是第一次知道。我這個老屁股，被幹過之後整個都不對勁了。」

「你真的被人幹過？」七逃仔來了興趣。

「幹你老媽。」跛腳神態自若回了一句，綠燈終於亮起。

「你知道我老媽是誰？」

「兩個沒肚臍的銅鐵仔話這麼多做什麼？」安哥喝止兩人拌嘴，舉手把服務生叫來，七逃仔偷偷在他背後扮鬼臉，生銅只能苦笑。服務生手捧平板電腦走到桌邊，眼睛把桌邊的四人掃過一輪，七逃仔眼睛頓時迷濛起來。

「要點什麼？」她問。

「給我們可樂，有摻酒的那種，要四杯。」生銅說。

七逃仔立刻清醒過來。「我不要摻酒的，我要摻蜜的。」

「三杯摻酒的，一杯摻蜜的。」

「三杯摻酒可樂，一杯摻蜜的。有需要其他服務嗎？」

「不用——」

「等一下。」

困惑的生銅低頭，發現桌子上的燈又變成紅色。服務生擠進生銅和安哥中間，手在桌子底下將線路調整了一番，生銅和安哥重新坐定之後，紅燈變回綠燈。

「小姐，你們這邊的餐桌不是很ＯＫ。」七逃仔說。

「可能是接觸不良，才會一直顯示故障。等一下充到一半要是有問題再叫我。」服務生說。

「好，謝謝，有問題再叫你。」

「今天的餐費由永續能源公司支付，轉帳成功，各位的餐點好了。」服務生鞠躬離開時，四人的桌面上已經擺好飲料。

「等等！」七逃仔眼睛迅速確認過每個人的飲料。「每次都這樣，東西到處亂擺。安哥，我這杯跟你換回來。」

「不知道你在計較什麼。」安哥說。

「他就小孩子性，愛喝就給他喝。七逃仔，我這杯喝不完，等一下再分你一半。」跛腳指著自己的杯子說。

「聽一下，這才叫義氣。」七逃仔大為動容，安哥冷哼一聲。

「你喝你的，生銅要講事情。」

四人伸手拿杯子，手碰到杯子時出現雜訊畫面，杯子閃爍幾下才恢復正常。設備老舊，他們習以為常了，各自舉杯就口。

「說吧，你要講什麼？」安哥放下杯子時問道，利眼瞅著生銅不放。藉口用完的生銅放下杯子，不敢直視安哥的眼睛。

「我不知道怎麼講才好，我之前講過，我晚上常常作夢。」

「做春夢？」七逃仔問。

「給你猜到了。」生銅回答。

「哭夭喔！」

「你閉嘴讓生銅講。」安哥說。

「這次不一樣。我最近一直夢到同一個女的，然後我覺得我好像接到一個任務。」生銅試著把腦中的疑問化成字句描述給夥伴聽。

「等等，你覺得接到任務？」跛腳插話進來。

「我覺得我應該要去找她。」生銅說。

「找她？」跛腳問。生銅猶豫要怎麼回答時，七逃仔、安哥、跛腳互相交換眼色。

「去大都市找她。」

跛腳、七逃仔倒抽一口氣。

「你怎麼會這樣想？」安哥問。

「我喜歡她。」

「你喜歡她難道就可以娶人家當老婆嗎，銅鐵仔？」安哥說話時嘴角隱隱顫動，生銅有些害怕。

「對呀，銅鐵仔，你要怎麼結婚生小孩？就算全世界的男人都死光了，你也沒辦法報隊打Play記得嗎？」七逃仔接著說：「你要是腦子有問題，就去維修站——唉唷！」

跛腳狠狠掐了七逃仔一把，趁機岔進對話。

「要命喔，你這個夭壽的銅鐵仔，壞銅舊錫做筋骨也想和人談戀愛。你們這些年輕一代真的很差勁。像我這一代的銅鐵仔哪敢想這麼多，每天做牛做馬當苦力，哪有一時敢胡思亂想。」跛腳搖搖頭說：「都怪那些亂放消息的人——」

「對啦——喔，痛死了——都怪別人不好，你要是像跛腳這樣出問題會給人亂捏，就要去維修站修一修。」

「我沒有問題，不用去維修站。」

不停提起維修站，附近幾桌客人似乎也給觸動了，一個個警戒的眼神投來，一行人趕緊把嘴巴閉上，假裝專心喝酒。就算是七逃仔這樣不會看人臉色的傻瓜，也知道這時候最好不要再說下去。沒有港工喜歡維修站，那裡的人穿得和他們不一樣，做事、講話、走路更是沒有半點相同。去到公司的維修站除了給人大卸八塊之外，沒有其他的好下場。

生銅從來沒想過維修站的問題，餐桌前的燈泡彷彿也知道他混亂的思緒，又開始閃起嚇人的紅光。生銅得在超出負荷之前離開，他站起身，在同伴能阻止他之前往外跑。安哥揹起兩人的背包追上去，被他們丟下的杯子憑空消失，解體回到餐廳的點菜系統中。

七逃仔聳聳肩。「今天生銅仔脾氣很差。」

「就有你這種不裝眼睛的銅鐵仔。沒事去講維修站，要是被送到後面去，你要陪他一起嗎？」跛腳罵道。

「我又沒有壞意。」七逃仔當然清楚維修站是怎樣的地方，只是沒想到生銅這麼開不起玩笑。老跛腳也是個討厭鬼，有話沒說完故意賣關子，別以為他眼裡閃過綠光的瞬間會有人漏看。

「你也很壞心，話不講完讓我當壞人。」七逃仔沒好氣地說：「我警告你，今天沒把話講清楚不准給我走。」

跛腳放下杯子搖頭嘆氣。「你這個死小孩，這麼精，剛才怎麼又不會看人臉色？」

「我是要給你鋪梗，怎麼知道那兩個這麼沒耐性。快點講啦，不然安哥回來又沒得玩了。」

「要說就說，這些妖魔鬼怪亂傳的話你不要給安哥聽到，不然他又要生氣。」

「你快點講，我保證他一個字也不會聽到。」七逃仔催促道。

「我們以前老一輩的有在資料庫裡查過，要是哪一個銅鐵仔去愛到哪個活女人，可以到大都市去見她，證明自己的愛。」

「然後呢？」

「那個女人要是也愛到你，銅鐵仔就可以申請變成男人，在大都市裡和女人一起生活。」

「如果沒有哩？」七逃仔追問道。

「沒有什麼？沒有愛就送去維修站呀！」

「送去維修站後面？就這樣？」

「沒錯，送去維修站後面，而且是警工押著你去，跑也跑不掉。保證你出來乾乾淨淨，重新做一個品行精良的銅鐵仔。」

此時此刻，七逃仔只能用一個字表達心情。「幹，真不值得。」

「我一個老頭幹古，你硬要聽我有什麼辦法？」跛腳聳肩說。

想到被送到維修站後面的下場，七逃仔打了個冷顫。「生銅說不想聽是正確的。」

「知道怕了吧？現在電充飽，快點回去休息才是真的。」

緊接在跛腳後，七逃仔喝完杯中的飲料，放下杯子離開餐廳，桌上的杯子自動消失，綠燈轉白。服務生站在在門口和他們揮手道別。

真好賺。走出門時七逃仔想著，服務生只要站在那裡，然後所有的港工就會圍著她團團轉。七逃仔能體會生銅想要變成活人的心情，能像活人這樣工作，誰想和銅鐵仔一樣在垃圾堆爬上爬下？只是如果失敗，就要給人送到維修站去，而且還是後面那個恐怖的地獄。就算是七逃仔這樣的笨蛋，也很清楚相較之下繼續當撿垃圾的港工，會是更明智的抉擇。

生活不容易呀！

七逃仔在心中感嘆。門外面白如紙的生銅和面紅耳赤的安哥站在一塊，就他的角度來看，確實如此。

三、永續能源

下港街景是高高低低的貨櫃屋堆疊而成，外頭加上各個住戶的巧思，階梯、陽台、管線、燈泡。四人繞過雜亂的住宅區，加入一條長長的隊伍，準備向盡頭的倉庫集貨口報到。他們依序走到那扇黑色的小門前，門前有一盞白燈。小門開啟時白燈轉紅，生銅將背包裡的東西倒空，再關上小門。紅燈轉綠，小門旁的面板顯示數字，數字低得嚇人。這也難怪了，今天他們任務時間才到一半就趕著從崩毀的浮島逃跑。繼續這樣下去，他們這一組的成績很快就會在下港墊底，壞名聲跟著綠光傳透透。

數字消失後，生銅重新扛起背包，和其他人揮手告別獨自返家。街上行人都是和他一般，工作服背上印著永續能源公司，扛著各種裝備和背包低頭趕路。走進大路旁的小巷，再爬上狹窄的鐵製階梯，生銅回到自家門門前，將手指按在門把上解鎖，打開黑色的鐵門走進去。室內亮起昏紅的燈光，生銅丟下裝備倒在床墊上，用手蓋住眼睛，試著不去想安哥警告他的話，強迫自己進入休眠。

你是一個銅鐵仔，銅鐵仔不需要像他們一樣搞什麼愛不愛的。

和活人不一樣，生銅沒有失眠的問題。只要指令確認，他就可以進入休眠，讓藏在記憶體和處理器中的幽魂工作，整合他收到的訊號，清理程式裡的臭蟲。只是既然如此，那誰來解釋生銅糾結在胸腹之間的這團混亂？他試過一切方法，沒有任何一個奏效，只有在休眠時看著幻影能得到些許的安慰。今夜她會出現嗎？他的涼夏？

生銅睡著了。

他睡著時眼皮間透出綠光，將一個訊號送出。訊號像個無形的精靈，從他腦海透過天線，對著下港的貨櫃屋小鎮信號站唱出一段旋律，小鎮信號站上的合唱團隨即覆誦，歌聲進入東方網路的主幹線，讓裡頭的管弦樂隊加強聲量送進永續能源公司都會區快捷線路。快捷線路裡能力超群的歌舞團，能夠處理每秒幾千億位元的資料，這一小段旋律他們可以一邊打瞌睡一邊精準重現，速度只比光還要慢那麼萬分之一秒。最後，有個傑出的女伶鎮守永續能源大都會總部大樓，把這個電子樂句重現在夏涼的個人電腦上，電腦中有個監控程式負責這種訊號。

不幸的是那時夏涼不在辦公室。

「很好，就是這樣。」

她故意讓自己左半邊的身體往下滑，抱住她後腰的看護工立刻察覺有異，及時調整姿勢撐住她的左肩膀，將夏涼的身體扶正，幫助她站起來。

「謝謝你。」夏涼說，見她脫離危險，看護工向後退開一步，還沒覆上生質防護層的臉嶄露笑靨，齒輪和細小的機關依照設計的動線畫出完美的曲線。夏涼伸出手，握了一下看護工的手掌。由金屬和合成纖維組成的看護工似乎有點驚訝，然後垂下雙眼拍拍夏涼的手，溫柔的樣子幾乎像個慈祥的老婆婆。那細微的情緒表現夏涼看在眼裡，其他圍繞在一旁的小女生也是。他們睜大眼睛，為剛剛那一幕驚訝、崇拜。

「這些看護工表現很好。」戴著略顯嚴肅的眼鏡，褲裝短髮俐落的夏涼對她的實習生說。她身上披著厚重的外套，雖然知道這樣的搭配和時尚潮流不符，只是夜班生活早晚出入得注意保暖，否則有人會生氣的。

「主任，剛才妳為什麼要再摔一次？」有個實習生舉手發問。她很積極，夏涼對她印象不錯。

「測試工人不只是要他們為妳著想，妳也要想想他們會面臨什麼狀況。」夏涼回答說：「這些是看護工，要照顧的病患很可能失能甚至是失語，如果沒辦法從小動作判斷病人的需求，之後送到療養院上工會出事的。教工人做事前，你們要多了解工人會到什麼地方去，幫他們設想可能會遇到的情境。多給他們一些小回饋，讓AI充分學習，人格模擬會更貼近真人。」

那些實習生肯定是第一次聽到這種事，否則不會每個都目瞪口呆。

永續能源公司的測試場是個鋪著綠色護墊，擺滿各式器材的大房間。這裡能容納超過一百具的工人進行測試，而今天的重點項目是看護工。負責測試的通常像她眼前的實習生一樣，年輕又沒經驗，把流程圖上的指示看得比自己嘗試還重要。監督測試很久以前就不是夏涼負責的項目，但是她還是時常抽空到這裡來指導新人。把親手調校的工人交到粗魯的菜鳥手上，不啻於在她心頭插上一把刀。

阿白知道這件事之後笑了她好一陣子，然後又變成另一種意味深長的微笑。夏涼真希望有天能看透他的笑代表什麼，他不像這些工人，工人好懂得多也不會故意尋她開心。感官系統接收，人格模擬輸出反應，處理器居中協調，機器工簡單明瞭。

剛剛鬆開手的看護工還在笑。

「夏主任——」

「只是延遲反應而已。」夏涼指著看護工的臉解釋。「在新的資訊進入處理器，產生新的任務前，他們會滯留在上一個任務結束時的情緒表現。高階的AI會刻意延長這種反應時間，好讓工人的情緒更像真人，特別是像療養院這種環境，更需要多一點笑容。」

「原來如此！」有個綁著馬尾的小女生低著頭，手指在手機上迅速標記。她的動作和髮型，讓夏涼想到自己剛進公司的時候。

「延遲反應利用得好，可以讓工人更能配合客戶的需求。」夏涼繼續說：「比如港工設計成對危險和異物特別敏感，甚至會排斥穿不同制服的維修站人員，所以我幫忙寫人格模擬設定時——」

「夏主任！」

夏涼眼角往測試場邊緣瞄，是負責測試場的清潔工。他舉高夏涼進入測試場之前交給他的夾鏈袋，人造五官恰如其分表達出憂慮。夏涼嚇了一跳，趕緊掏出手機查看，果不其然在排程底部躺了一條會議已經開始的警告。

「剩下的下次再說。」

夏涼箭步衝向清潔工，拿走裝著晶片的夾鏈袋時，順勢拍拍清潔工的肩膀。任務完成，清潔工雙眼亮了起來。夏涼快步加入走廊的人潮，背後馬上迎來狠狠一擊，腳步踉蹌差點被人潮沖倒。

撞她的人沒有道歉，迅速消失在人群中。夏涼自知理虧，永續能源大樓裡效率就是一切，走太慢被撞活該。玻璃帷幕外是深沉的黑夜，大都市裡的霓虹燈閃閃發光，天邊不時響動詭異的電光。電光經由天線導引吸收，霓虹燈就會突然變得更亮一些。這是他們生活的世界，連霓虹燈都要想盡辦法從天上拿點資源，好活過下個鐘頭、下一分鐘、下一秒。

得加快腳步跟上人潮走進會議室，夏涼希望今天帶上場的東西能說服唐部長改變心意，其他什麼都好，不要是那個可怕的新設媒體部。夏涼寧可站工作檯站一整天，也不願和那個恬恬瞎搞。

妳得讓其他人看見妳的能力。

唐部長的話就這麼蹦了出來，夏涼在心中暗自詛咒觸動回憶的思路。大會議室裡一個個壁壘分明的座位，其他與會的人都已經坐進隔間裡，被黑色的屏障包圍。夏涼走進她的位置坐下，座位立刻升起屏障將她和座椅包圍。她遲到了，不曉得會議進行到哪裡？

這時候防疫隔離屏障唯一的好處就顯現出來了，其他人此時對夏涼有什麼尖刻的評論和冷眼，夏涼也完全沒辦法知道。小空間裡廣播響起，螢幕同時發出白光。

「歡迎加入生產部門例行會議，提醒您會議期間請勿飲食或使用汙染性物品。本會議室隔離空間由永續能源回收製成，隔離防疫效果卓絕，歡迎員工價特惠選用，首期選用贈送三次消毒清潔排程。員工請輸入職稱、姓名。」

夏涼挺起肩膀坐定，對著麥克風說出職級姓名。「生產部機訓組主任機訓師，夏涼。」

螢幕上的綠燈閃動兩次，廣播再次響起。「查核無誤，歡迎夏涼主任進入會議室。」

白光漸漸消去，螢幕上顯現人影，鮑勃頭一絲不苟，精明幹練的女強人唐部長坐在座位上正對著她。

「夏主任到了，我們繼續。」唐部長銳利的眼神穿透螢幕而來。「剛剛說到這是第三個月的營收成長小於百分之八，遠低於平均值。公司的標語告訴大家說海裡有很多垃圾，我們能把垃圾變成黃金。只是現在看起來，靠這種效率恐怕很難在本季完成目標。我想不需要我提醒各位，當前經濟體質脆弱，永續能源責任重大。」

螢幕裡唐部長挑剔的口氣是暗號，夏涼趕緊拿出她帶來的晶片，伸手按下螢幕旁的通話鈕。

「主任機訓師夏涼請求報告。」

螢幕裡的唐部長注意到手邊的紅色提示燈號，敲鍵盤讓紅燈轉綠。「夏主任請說。」

「報告部長，這是我上周剛收到的原型晶片，我有信心只要測試順利，投入課程——」

唐部長又敲了一下鍵盤，兩邊的通話鈕燈光同時熄滅。「夏主任，我想因為妳遲到，所以沒有抓到我們這次會議的重點。」

「重點？可是——」夏涼用力拍通話鍵，可是螢幕裡的唐部長對手邊閃爍的燈光置若罔聞。

「家庭娛樂資源是接下來永續能源公司開發的重點。替代人力資源計畫發展穩健，有更多閒暇時間投入家庭的人口增加，娛樂市場正快速成長。本公司新設媒體部已開始運作，希望生產部的人員與該部門員工合作愉快。接下來的宣導資料會送到各位的個人信箱……」

唐部長還在說話，但是夏涼已經無心去聽。她的提案唐部長連聽都沒聽就被否決了，那她仔細寫好送上去的報告有什麼下場可想而知。其他應該支持她的人呢？說好要一起說服部長的計畫呢？螢幕上的唐部長繼續會議，請求通話的燈號不再閃爍。

半晌後，唐部長總算消失，座位隔間慢慢摺疊收攏。腦中一片嗡嗡響的夏涼深呼吸，用微微發抖的手把夾鏈袋收進口袋。其他人各自低頭離開，有幾個走過夏涼時看了她一眼，但是沒有和她說話，繼續走自己的路離開大會議室。夏涼站在原地，等著會議室淨空。

「小涼，還好嗎？」

夏涼面對迎面而來的唐部長，她不敢說自己不期待對話。「部長好。」

「沒有急著去哪裡吧？」

「沒有。」

「我剛才話說得重一點，妳不要放在心上。妳平常努力有目共睹，但不應該耽誤了該做的事。」

「是的，部長。」

「妳是我一手提拔的學生，妳有成就我也與有榮焉。只是下港的港工已經連續三個月沒有達標，再拿不出績效，後面會變得很麻煩。」

「部長的話我都記得。」她當然記得，她的手機無時不刻提醒她。

「妳好好加油。這次分派媒體部人員，我特別把比較厲害的那組分給妳，幫忙妳衝這個月的積分，不要讓我失望了。」

「謝謝部長。」

唐部長離開會議室，夏涼還是沒有機會提她該提的提案。走出會議室，唐部長的身影很快就走到最前端，帶著人潮轉向。夏涼沒有太多時間自怨自艾，只能想辦法越過洪流，想辦法回到辦公室。

她原本以為這是她今天最慘的遭遇。

事後夏涼回想，如果那天沒有遲到，沒有停下腳步徒勞地想說服唐部長，或是早早練就能迅速穿越人潮的穩定步伐，之後一連串的事件也許都不會發生了。只是事件因果一如編碼，這一行的因子是上一行的結果，上一行的結果來自前一頁的總和。

她回到辦公室時，撞見恬恬站在她的電腦前。

「妳在做什麼？」

恬恬從夏涼的電腦前退開，吐著舌頭裝出抱歉的模樣。夏涼趕上前，迅速檢查執行中的各個監控程式。

「這些指令妳不該亂動，亂動說不定會有意外。」夏涼抱怨道。

「我看到妳的港工有異常訊號，我只是想要幫忙嘛！」

「異常訊號？」夏涼嚇了一跳，為什麼手機沒有提醒她出問題？她再次檢查監控程式，小心確認每項數據。還好，不是什麼大事，難怪手機裡的同步通知沒有反應。

「發生什麼事了？」恬恬問。

「沒什麼，只是二十九號港工有不良反應。」

「不良反應會怎樣嗎？」

「很可能是機體過度耗損，不然就是超時作業，所以系統發出通知。」夏涼暗自鬆一口氣，好在沒有出什麼差錯，他們不能再出任何差錯。一臉無辜樣的恬恬守在一旁，兩隻眼睛閃閃發光。

為了推銷港工採集的再生材料，全新上線的港工紀錄片，讓觀眾可以在線上看見自己的生活用品是經由什麼管道取得材料。在回收資源興起的今天，生產過程公開與透明不可少。所以恬恬被派到她的辦公室，大眼睛、氣質古靈精怪的恬恬，在乾淨整齊的辦公室裡擺滿舒壓玩具，工作檯堆滿點心和宵夜。

夏涼還在考慮該怎麼開口告訴恬恬，不要把食物放在她的工作檯上。新同事只是好意分享，不知道這樣會帶來困擾。

「沒出意外，沒事了。」

「我正好最近在想，要給我們的新節目來點意外。」果不其然，夏涼態度一放軟，恬恬軟綿綿的聲音立刻纏上來。

「意外？」

「對呀，唐部長上次說我們的實境秀太悶了，所以觀眾人數才一直衝不高。」恬恬說：「我剛剛就是在想這個。」

「這和我的港工有什麼關係？」聽恬恬提起唐部長，夏涼有些不太高興。

「我是想，說不定我們可以來測試一下我的劇本。」恬恬故作神祕，翹起小指頭點了一下自己的嘴唇。

「劇本？」

恬恬伸手指向螢幕，夏涼瞇眼細看，眉頭皺了起來。她剛把注意力放在日常數據上，沒注意到角落檔案傳輸完成的標記。

「妳傳了一首歌給我的港工？」

「我有一個朋友，告訴我秀都要有主題曲。」恬恬自傲地說。

「我的港工任務是去蒐集浮島資源，不是參加歌唱選秀。妳這是公司的檔案，還是外面的網路抓進來的？二十九號剛剛發生異常，要是檔案裡有病毒會讓AI崩潰。」

「有這麼嚴重？」

「進一步測試之前，我也不敢確定。」話一邊說，夏涼腦子一邊飛快運轉。她故意把話說得重一點，好嚇嚇這個什麼都不知道還敢越界的小女生，如果來源夠乾淨，簡單的掃毒、排除木馬和蟲也就夠了。

「只是個測試嘛！我們就測試看看，一首歌而已，不會有什麼問題。」

這沒神經的小女生顯然沒這麼容易放棄。恬恬蠻橫地把人往後拉，把裝滿茶水的杯子塞進夏涼手中。突然受到突襲，沒預料到她力氣這麼大的夏涼人被推上椅子，險些將整個馬克杯的茶水倒在自己身上。

「妳知道嗎，我已經有了一個好計畫，這個劇本可以讓我們爆紅，能在唐部長面前大出風頭。剛好妳也會教這些機器怎麼思考，我們可以合作，先做個測試，之後再讓其他人大開眼界。」恬恬嘴裡嘰哩呱啦說個沒完。

「不行，這不是港工該做的工作。」夏涼試圖放下杯子，打斷她的妄想。不過恬恬沒放棄游說，也不肯讓她放下杯子，茶水厚重的怪味往上飄。這惡質的同事居高臨下，夏涼一時間居然沒辦法掙脫。

「所以才說要先測試看看嘛！妳看，一首歌而已，不會有什麼問題。我們從這裡開始，之後要做什麼可以慢慢討論。」

「測試不是這個樣子，港工也不需要這種測試。」

「不要這麼嚴肅。我們一起喝個茶，和線上的觀眾一起聽他表演。要是他這次表現好，下次我讓妳當女主角和他談戀愛。」

「我才不要當女主角。」夏涼立刻說。

「唉唷，妳放輕鬆坐著，只是玩玩而已。」恬恬不只是嘴巴上說著，手還拿起滑鼠開始操作，啟動檔案傳輸程式。

「妳要做什麼？」夏涼問。

「妳等一下，表演要開始了。」恬恬說：「現在妳的港工收到檔案，我的直播也要繼續下去。」

「這種測試沒有意義。」夏涼想要起身阻止這場鬧劇，恬恬按住她的肩膀。

「妳對自己的港工沒信心嗎？」

「這不是信心的問題——」

恬恬豎起手指噓了她一聲，夏涼楞了一下。現在是什麼情況？

「妳再說我要生氣囉。唐部長要我們做績效出來，就把這次的節目當成年度績效測試，這樣不是對大家都好嗎？看看妳的港工這麼棒，只差有個人幫妳宣傳，我做的秀剛好可以讓上面的長官看到妳有多厲害。而且有妳看著，要是有什麼問題，才可以馬上喊卡不是嗎？」

隨便發脾氣不是她的作風，夏涼喝了一口茶。

天呀，這杯茶像毒藥！夏涼趕緊把茶杯放回桌上，恬恬大眼睛還盯著她看，沒選擇的她只好硬是吞下恐怖飲料。夏涼不該動搖，動搖喝了敵人招待的飲料，下場就是滿嘴苦澀說不出口。

直覺是該給恬恬一巴掌，然後兩人大吵一架，鬧翻之後趁機分開兩人的辦公室。可是看看她那鬧脾氣的傻樣子，嘴裡唐部長、唐部長說個沒完，再加上剛剛那一口茶，沒給這女孩一點苦頭吃實在不行。那些長官愛看，而這小女生愛玩，給他們瞎攪和成一團似乎也沒什麼不可以。把胡鬧的直播秀放送到全世界都看到，港工一邊撿垃圾一邊唱情歌，永續能源公司的天才之作。

「好吧，妳想測我們就測測看。」夏涼說。

恬恬發出又細又尖的歡呼聲，搬來椅子和鍵盤，飛快打上一行指令按下輸入送出。夏涼看著螢幕裡淺薄的倒影，手癢癢的不大舒服，卻又提不起勁阻止。

「我就知道妳會了解！」恬恬開心地說：「讓我們來聽看看二十九號港工歌聲怎樣。」

完成設定的恬恬和夏涼坐在一起，螢幕上的二十九號港工準備演出。

四、堆滿雜物的小房間

生銅抱著吉他坐在房間裡，就著窗外的燈光哼哼唱唱。窗外是一片海港夜景，港邊的重型機械在夜間持續運作，大量的垃圾從港邊的倉儲裡運出，填滿一個又一個貨車車斗，沿著道路流入廠房中再製。生銅的歌聲漸漸被風聲和機械聲蓋過，他睜眼發現房間沒有窗戶，吉他掛在昏紅的燈泡旁，通風孔不斷傳出故障般的運轉聲。

他又做了怪夢。

擁抱那抹白

這樣不行，等一下安哥來找他上工，到時候被發現又要挨罵。生銅眨眨眼，夜裡籠罩的紅光已經散去，貨櫃屋裡一片漆黑。這樣最好，能讓他在黑暗中把自己好好整理一遍，打開門迎接陽光時又是個稱職的港工。檢查過機體還有系統，生銅狀況良好，可以順利上工。

再次扛起背包打開門，門外天還沒大亮。工作時程排定，生銅會在早上五點踏出貨櫃屋，和組員會合上工。時值下港陰鬱的冬天，沉重的烏雲壓在天上，濕冷的海風挾霧帶雨吹來。生銅的感溫配備夠他分出現在是冷還是熱，判斷身處的環境是否有害機體運作，這一點海風還傷不到他。但是人格模擬很雞婆，總愛送出多餘的信號。

放下白色的影子出走，和湛藍的外套

安哥縮著脖子站在階梯下，責難的眼神看著生銅，彷彿強迫他大清早出門上工的人是生銅。生銅把腦中多餘的信息排除走下階梯，兩人沒有交談，一同走向目的地。浮島的位置由公司的作業調度中心管控，每天工作排程在喚醒他時會自動送進腦中，告訴生銅該往哪裡去。今天沒有特別的狀況，生銅草草掃過腦中的工作指示，注意到一段文字檔。

放開包圍走出雨景，鋼筋水泥框架困不住嚮往的風

他不懂這是什麼，文字檔不知為何令他著迷，忍不住反覆在嘴裡唸著，思考其中是否藏了什麼天大的祕密。生銅低頭跟著安哥前進，今天路上的行人似乎比往常要安靜許多。

鋼筋水泥困不住嚮往的風

什麼意思？是他自己刪掉框架這兩個字嗎？

「幹！」

在生銅來得及反應之前，安哥已經一把揪住他的領子，將人壓在牆壁上。突如其來巨響嚇壞生銅，貨櫃屋的鐵皮牆發出空洞的回聲。發生了什麼事？他們什麼時候走到這個地方來的？安哥過去總是嫌棄這條巷弄會害他們在繞遠路，今天發生什麼事了？為什麼他會給人壓在牆上？

「你這個瘋小子，一整路到底都在念什麼？」安哥破口大罵。

「我、我……」

「你腦子真的壞掉了嗎？」

「我不知道……」

「你怎樣？說呀！」

「放下白色的影子出走——」話一出口，生銅嚇得摀住自己的嘴巴。安哥鬆手放開生銅。

「這是什麼意思？」

「我不知道。我只知道從今天早上開始，我就一直想到這些話。」生銅老實回答。

「你查過了嗎？」安哥又問。

「資料庫說這叫作詩，我想幫她寫詩。」生銅發現自己愈說愈有自信，可是安哥並不欣賞這樣的自信。

「她？」

生銅得鼓起全部的勇氣才說得出她的名字。「涼夏。」

憤怒的安哥用拳頭猛敲自己腦門好幾下，生銅站在一旁不知道該如何是好，現在這個樣子，好像全是他造成的。

「我昨天是怎麼跟你講？」

「我們是銅鐵仔。」

「銅鐵仔怎樣？」

「銅鐵仔和其他人不一樣。」

「你想這些春夢會有什麼下場？」安哥的聲音在發抖，生銅回答的聲音也是。

「我會被送去維修站，然後、然後……」

「然後你會變成另一個銅鐵仔，被洗成一個白癡什麼都不知道，全部通通重來。你想要這樣？想要這樣嗎？為了一個女人？」

安哥每問一句，手就往低頭不語的生銅胸口推一下，扭曲的臉變了樣子。生銅沒有反抗，他好不容易才終於穩定下來，承認自己是生銅，將所有的資料累積在硬碟裡。他告別生銅這個身分等於也告別了這些資料，包括資料中的所有人。

「東西拿著，走了。」

氣呼呼的安哥沒有等生銅整理好思緒，撂下一句就揹起裝備離開。他是對的，工作排程不斷發出無聲的訊號，提醒時間正不斷流逝，超過清晨上工的時間了。生銅乖乖照吩咐重新背好裝備，跟著安哥往前走。

「你那個詩就這樣一句？」生銅跟上時安哥沒頭沒腦問道。

「不只。」

「其他的說來聽聽看。」

生銅猶豫沒有出聲。

「不會揍你，叫你說說看而已。」

「鋼筋水泥困不住嚮往的風。」

兩人腳步繼續向前，安哥想了半晌才說話。

「你撿廢鐵撿到頭昏，頭被水泥打到才會說這種話。不然夏天熱都熱死了，哪裡來的風？」安哥憤恨不平地說：「就是這樣。你不要太常去看資料庫，寫字的都是神經病，亂寫那個詩騙女人上床。我們是銅鐵仔，不用學人家。」

生銅無話可說，只能點頭贊同。兩人走到港邊的垃圾浮島旁，迎面穿戴好裝備的跛腳和七逃仔走來。

「你們總算來了，剛剛闊少和凱子他們那組爬上去。」七逃仔半跑半跳，衝到他們面前報告。

「這座是怎樣？」安哥問。

「新鮮的，剛從外海拖進來。上面交代說和以前一樣，要先撿廢金屬，剩下的船會來拖。」

「就和以前一樣。好，動工了。」

「安哥，你看生銅的臉色是不是不太對呀？」跛腳插話進來。

「他沒有事，你快點。」

生銅要謝謝安哥，現在要說什麼事給他帶來的負擔最大，七逃仔和跛腳的關心絕對排在榜首。他需要時間想想，四人各自整裝跳上垃圾山。

浮島各處已經有大批工人爬上垃圾山撿拾金屬垃圾，有人攜帶探測器和電動挖掘器具，有些則是使用原始的鏟子和長夾，各自負責不同的區域。生銅一行人加入他們，隨著時間過去，漂浮在海上的垃圾山逐漸解體，底下的海水向上滲透表層。

生銅埋頭苦幹像不會累一樣往前挖，不斷撿起廢鐵放進背包裡。這些寶貝過去被當成垃圾拋進海裡，如今海洋大發慈悲將它們疊成山送回岸邊，港工善盡職責將每一點資源回收，送進公司的廠房裡。生銅一路撿到浮島的邊緣，腦子總算將雜念淨空，只剩下——

浮島和海水接壤的地方有一株扭曲的白花。

生銅看到花時突然呆住，那朵花潔白的蓓蕾，令他想起涼夏的肌膚。他沒有多做思考，便緩緩邁步向前走向浮島邊緣。有個旋律在他腦中盤旋，生銅不自覺哼起歌，脫下手套彎下腰用力將白花拔起。

彷彿像個警訊，花枝一離土，周圍的垃圾山隨即崩散，生銅失足落海。千鈞一髮的當下，強而有力的手臂揪住他的後領，硬是將生銅泡水的雙腳拖出大海。生銅抬頭望，是安哥及時出手搭救，將他給拖回岸上。可是他的眼神，不是憤怒也不是難過，而是徹底的驚恐。害怕的生銅不敢說話，握著花枝一動也不敢動。

他到底怎麼了？

*

結束一天的工作，得是交完貨的那一刻。完成工作的跛腳走向等在一旁的安哥和七逃仔時，腳步故意走得慢一些。出大事了，他必須想清楚該怎麼說話，才不會壞了同組的情誼。

他沒看到生銅。「生銅仔還沒好？」

「我叫他清完海水就直接回去睡。他和我們同組，貨我幫他交也不會怎樣。」安哥回答跛腳的問題。

「真的嗎？再這樣下去真的不會怎樣？」七逃仔語帶挑釁，跛腳當然知道他不是這種意思，但是他說的話就是有那個味道。真奇怪，這些模擬種種人類行為的程式都是同一間公司出品，怎麼不同的銅鐵仔之間落差這麼大？

安哥沒有回答，視線盯著路過的工人，跛腳看得出來他和自己一樣都在等，等沒外人在附近才肯開口。

「你們兩個說話呀！」猴急的七逃仔氣得跳腳。「生銅出大事了！」

「事情要解決。」安哥慢慢地說。

「生銅有去維修站了，維修站的人會把他修得好好的。」跛腳說。

「沒有特別的原因，維修站只會修手腳，不修腦袋。」安哥說：「生銅夠聰明，不會給他們逮到。」

「又寫詩又摘花，生銅會真的去愛到一個女人嗎？」七逃仔不肯放棄，專挑難講的事來問。

「愛這種東西很難講，愛到的時候誰也料不到。」跛腳試著緩頰。

「跛腳的你是愛過嗎？」

跛腳皺起眉頭，希望這樣七逃仔看得懂。「講我做什麼？現在重點是生銅要怎麼辦。」

「安哥？」七逃仔轉向安哥。

安哥沒有回話，望著黑色的大海。跛腳看得出來他心思紛亂，也許是他該說些話了。

「安哥，你如果聽得進我這個老頭廢話，我就講兩句給你聽怎樣？」

「你講。」

「我們和剛出廠的時候不一樣，都換過幾次組員，見過世面了。銅鐵仔該盡的本分我們都清楚，像生銅這樣憋著不解決，之後一定會出事情。」跛腳分析給他聽。「要我說怎麼解決，就是和玩骰子一樣，這把是丟下去還是收心回家，就這樣而已。」

「這把是生銅的。」安哥說：「我不能讓他出事。」

「所以？」

「我們去找他講清楚。」安哥終於有了決定。

「要是他講不通哩？」七逃仔又問。

「到時候我們看著辦。」

跛腳讓安哥領隊，帶著三人往鎮上的方向走。下港的夜晚向來不是以燈火通明著稱，微弱的路燈僅能勉強提供港工的雙眼一點指引。時不時就會看見有人眼中散出綠光，那是搜尋資料庫和地圖才會有反應。跛腳懂他們的徬徨，他自己就是那種三不五時連上資料庫，以免硬碟裡存的資料不夠應付生活。每個生命都要找自己的出路，看看可憐的生銅仔，跛腳頗能體會他的無助。

來到生銅的住處前，狹窄的樓梯台不夠三個人站立，走最後的七逃仔只好站在樓梯上。跛腳陪在安哥旁邊，對著生銅的門沉思。貨櫃屋的門緊緊關上，安哥的拳頭舉在半空中。

發生什麼事了？跛腳正打算開口詢問，耳朵聽見斷斷續續的歌聲。聽起來是生銅正抱著吉他哼哼唱唱，歌聲中的愛慕之意就算是生鏽的骨董機器都不會聽錯。安哥漲紅了臉手舉高，跛腳趕緊制止他，搖搖頭要他收手。這下給他揍下去，門裡門外兩邊碰面絕對不會有好結果。安哥瞪了跛腳一眼，放下拳頭衝下狹窄的樓梯，逼著階梯上的七逃仔抓著扶手往後急退到底讓路。

跛腳嘆了口氣，最後一個下樓離開。

五、唐部長說

夏涼和恬恬兩人站在辦公室，抬頭望著掛在他們頭上的通訊螢幕，裡頭的唐部長正在閱讀，手指在鍵盤上遊走。螢幕這一頭看得見唐部長身旁還有另一個螢幕，螢幕中的港工正忘情歌唱。

半晌後，唐部長按下通話鈕。「好，我們試試看。」

「Ｙｅｓ！」恬恬開心地跳起來大喊，刺耳的聲音令夏涼忍不住閉上眼睛，好像眼皮真有防護耳朵的功能一樣。

「不要太興奮，我只是說試試看而已。」

「我就知道部長人最好了。」恬恬對著鏡頭裝可愛。

「表現好，我才會對員工好。讓機器人寫詩唱歌不算新，不過港工倒是頭一遭。先做下去累積觀眾，再看看會走到哪裡。」

「部長放心，我們已經寫好劇本，不會讓妳失望。」

「這樣最好，幫公司帶起新一波的聲量，夠成功我們才有得談下一次。我話講到這裡，繼續加油吧。」唐部長從通訊螢幕上消失，恬恬跳起來抱住夏涼，尷尬的夏涼只能輕輕推開同事，沉默走向工作檯。

恬恬沒那麼輕易放過她。

「怎麼了嗎？」

「沒什麼。」

「才怪，妳的樣子就是有問題的樣子。」追上來的恬恬在工作檯前打轉，弄得夏涼心煩意亂。

「真的沒事，我只是在確定產線送來的零件沒問題，明天要給他們回覆。新的港工要加上潛水功能，只要成功我們就能開發海底資源。」

「妳真的是工作狂耶。」

「我只是把我自己的事情做好而已。」

「妳的事情不是寫程式嗎？」恬恬問個沒完，夏涼只好按捺性子回答，手上不忘扭動零件，確定關節扭轉順暢。

「那是我的工作沒錯，只是機訓師的工作內容非常廣。我修過機體設計、程式編碼、AI訓練，要能讓軟硬體互相配合，機訓師才能讓港工的效率達到最高。」

「哇，小涼真是多才多藝耶！我常看妳去測試場幫人家測試機械工，該不會妳連測試證照都有吧？妳真的好厲害喔，這麼多東西我想學都學不來呢！」

如果不是口氣太過誇張，說的話荒腔走板，說不定夏涼會以為她是真心的。夏涼虛應一聲，她還有工作要快點結束，沒時間和這個小女生搞社交禮儀。

「妳知道嗎？我就是喜歡妳認真工作的樣子，二十九號港工一定會愛死妳。」

她的口氣有問題，夏涼頓時停下手上的工作。「妳說什麼？」

「我說，我讓妳當上女主角了。」

夏涼有種遭人暗算的感覺，恬恬逃到辦公室另一端，坐在座位上故作姿態打字。

「妳讓我當上女主角？」

「放心，我把名字改過了。」恬恬回答說。

「我的問題不是這個。」

「我總得讓他喜歡上誰吧！我不可能用我自己，又不知道找誰當主角，就只好找妳了。」恬恬嘟起嘴巴說：「我的故事設定是這樣，有一個非常努力工作的女工程師，有一天她的機器港工愛上了她，展開跨種族的祕戀。」

「港工不會祕戀，他們設定裡根本沒有戀愛這項功能。」

「妳不是有幫他們裝模擬器嗎？」

夏涼深吸一口氣，努力保持耐心和她講道理。「人格模擬只是給他們特定的模組，讓港工遇到突發狀況的時候可以快速反應，模擬人類會採取的行為。AI要是沒有事先教好，再多模擬巨集都沒用。」

「所以就是這樣才刺激呀！要是知道結果是什麼，秀就不好看了。」

根本什麼都講不通。夏涼真後悔前幾天氣昏頭，草率答應恬恬的鬼點子。她沒想到唐部長居然也跟著認真起來，心裡實在很不是滋味。恬恬又開始打字，劈劈啪啪的敲擊聲吵得旁人無法集中注意力，夏涼決定放棄。反正今天進度都已經到位，預先超前的部分暫時放下一天，也比錯誤百出，明天趕著修正來得好。她開始收拾東西。

「妳不要玩過頭了。只是測試而已，玩過頭出事我可是得負責任。」

「這才不是測試，部長已經點頭了，我們現在是玩真的！」恬恬用誇張的姿態打字，敲得鍵盤劈啪響。

夏涼嘆了口氣。「沒錯，我們都是成熟的大人了，當然是玩真的。我先走了。」

恬恬手舉在半空中，用怪異的姿勢旋轉辦公椅回頭看。「我有聽錯嗎？工作狂小涼要下班了？」

「我今天有其他的事。」

「什麼事？該不會偷藏男人吧？」

「妳真聰明，一猜就中。」

恬恬扮了個鬼臉，又轉過身去敲鍵盤。「我自己把兩份宵夜都吃掉囉。」

「隨便妳。」夏涼話說完，腳步趕緊離開辦公室，不讓恬恬有回嘴的機會。她逆著人群行走的方向走，其他人搭電梯往上，只有她一個走進樓梯間往下，一路走出永續能源總部大樓。天才剛濛濛亮的街道上，已經有無數穿著連身工作服的工人，各自埋首日常事務。

夏涼在公車站等車時，順便觀察維修路燈的工人做事。路燈接觸不良爆出火花，兩個工人停頓在原地，雙眼發出綠光。夏涼拿出手機，迅速記下這一幕。

公車來了，她匆匆將手機折疊收進口袋跳上公車。這時天開始矇矇亮，坐進座位上的夏涼身體放鬆不少，舉手用拳頭遮住一個呵欠。車上連她在內只有兩個乘客，另外一個穿著套裝的時髦女人看起來也才剛下班的樣子，不知道她做的是哪一行？

時髦的女子打了個哈欠，夏涼別開視線以免失了禮貌。她低頭攤開手機研究剛剛看見的畫面，維修燈具時遇上接觸不良這樣的小事也要從資料庫調資料，這款機體太過依賴資料庫，獨立作業的能力太低。夏涼手指在螢幕上比劃，思考解決之道。

正好整點到了，畫面跳出提醒，她的評分略低於本月標準。

沒什麼比數字更能激勵人心了，夏涼收起手機看著窗外，好躲開螢幕上日漸探底的曲線。公車到站，夏涼走下車往巷子裡的公寓走。附近公寓的窗戶都裝上了特殊的窗框，在大都市裡生存，這些抗污防菌的門窗是基本配備。如果可以，夏涼還想幫自己的房間裝上密道和假門，不過預算有限，她能做的也只有進大門前左右張望，保持警戒。

她租的空間不算大，但是格局方正，床鋪、螢幕、廚房一應俱全，隱密性也夠。夏涼走進門拿掉外套和鞋子，各自掛上衣架和鞋架，紫外線燈亮起消毒。她又站在門前多等一下，讓門上的噴嘴迅速撒了她一身消毒霧氣，完成回家的儀式。夏涼從外套口袋裡拿出手機和鑰匙卡放在桌上，拿掉眼鏡放在床頭，走向床鋪側身躺下，輕輕抱抱住床上的男人。

「早安。」

床上穿著寬鬆睡衣，清瘦的阿白睜開眼睛，露出半帶睡意的微笑。

＊

等夏涼再次睜開眼睛，窗外的太陽透過窗櫺投在她臉上。夏涼別過頭躲開光線，躲到床鋪的另一邊。阿白走到床邊，彎腰附在她耳邊輕聲說話。

「午餐好了。」

「謝謝。」初醒的夏涼意識還有些迷濛，但微笑出現得比意識還快。她拿眼鏡戴上，和阿白四臂交纏走到餐桌旁就座。餐盤裡粉紅色火腿片排成扇形，圓形的麵包片上有半球水煮蛋，綠色的豆苗一彎彎蜷在一邊。簡單的冷食，來自罐頭工廠，但有人細心幫她將每項東西排得井然有序，順手加點藝術氣息。彷彿嫌這樣不夠迷人，她吃東西的時候，阿白在一旁拿著手機細數清單上的項目。

「衣服都洗好了，昨天有乖乖聽妳的話，把健身操做完，也有吃藥。常預泰一天兩顆、胃腑寧三餐各兩顆、睡前半顆愛心好，等一下再來一針抗染劑。把直播秀的主題曲練會，等一下可以唱給妳聽。」

「妳練歌想當明星嗎？」夏涼問。

「電視上說主題曲是一個秀的精華，每個秀都要有一首歌。」阿白笑著說，說的話有點耳熟。

「你繼續念下去，你念清單的樣子好帥。」

「妳吃東西的樣子好美。」

「傻瓜。」

「所以才被妳帶回家呀！」阿白說：「說到這個，妳今天比較早回家。」

「想你囉。」

「真的？」

「假的，我被部長罵了。」

「我以為妳是她最棒的學生？」

「我現在是她最差的員工。你知道她派了一個搞直播的媒體人給我嗎？」夏涼抱怨道。

「搞直播的媒體人？你們不是能源公司嗎？」阿白放下手機，疑問地看著夏涼，看來和她當初接到消息時一樣茫然。

「能源公司也要打廣告呀！她選了一個港工，說要帶大家認識港工，讓他唱歌跳舞之類的。」夏涼說。

「可是港工不是做回收的機器人嗎？做回收的機器人跑去唱歌，這樣不算怠工，或是違反職業道德嗎？」

「我猜這是她的目的，故意炒話題吸引觀眾。」比起阿白的憂慮，他們岌岌可危的積分才真的讓人精神緊張。要是恬恬鬧出大事，和她同辦公室的人想必也不好脫身。突然間，夏涼沒了胃口。

「怎麼了嗎？」阿白問。

「沒事。我今天起比較早，還有一點時間，等一下陪你做健身操好不好？」

「妳不用工作嗎？」阿白問。

「休息半天不會怎樣，而且我想陪陪你。」

阿白搖搖頭。「昨天有通知，我得快點出門才行，不然會錯過生物實驗室的分流時間。」

在夏涼放下餐具之前，阿白先一步繞過桌子抱住她。

「我會穿裝備，也會戴面具，沒事的。」

「我沒事。」

「等我們積分夠了，我們也可以有自己的孩子，我們可以想去哪就去哪。」

「等我們積分夠了。」

「等我們積分夠了。」

「我很努力了。」夏涼低聲說，抱住阿白細瘦的手臂。他好瘦，瘦到好像風吹就會折斷他的筋骨。

「我知道，我也和妳一起努力。妳知道嗎？在實驗室等的時候，我都這樣跟我自己講，多吃一點藥，多活久一點，想想夏涼，想想她的計畫。總有一天，夏涼會救我離開這裡，我們不用到處躲，不必演戲假裝我們依然孤單寂寞，要靠人施捨才能活命。」

「我想帶你離開，去到哪裡都好。」

「只要在妳身邊，我哪裡都可以不用去。」

夏涼推開他。「真的？不想去雪山度假了？」

「假的，請妳一定要帶我去雪山度假。」

他的笑聲在房間裡迴響，夏涼這才想起家裡少了另一個聲音。

「小石頭呢？今天怎麼都沒看到牠，在充電嗎？」

「牠昨天突然一直說要找妳，傍晚自動關機到現在了。」

「一定又是接觸不良。沒關係，我有備用的零件在家裡，幫牠調整一下就沒問題了。」

「我和妳一起？」

「我們兩個一起，把這隻小狗變成天使。」

「天呀，女神要送我天使了！」

「傻瓜。」

恬靜的午後，夏涼看著阿白的笑容，陽光穿過窗櫺，投下的陰影一條條映在兩人身上。她也跟著笑開，不管生活中有多少不如意，此時此刻證明一切都值得了。

六、出走

安哥、跛腳、七逃仔三人走進餐廳，向服務生打手勢點飲料，就這麼簡單的一件事，不知道為什麼讓跛腳有點難過。平時生銅也會在他們的行列中，可是最近少掉一個的狀況愈來愈常發生。失魂落魄的生銅工作開始出狀況，嚴重到連七逃仔都察覺不對勁，事情愈來愈糟了。

「你們兩個今天真不夠意思，跑到不見蹤影，讓我和生銅兩個忙整天。」七逃仔一坐定就開始抱怨，如果不是認識他夠久，跛腳會認為他話中有話。

「生銅呢？」安哥沒回答問題。

「他不知道發什麼神經，下山之後又跑得不見人影。」七逃仔聳聳肩說。

「那好。」

「你還沒說你們兩個今天去哪了？」

「我們有事要做——跛腳的，事情查得怎麼樣？」安哥轉向跛腳。

「我問了幾個有經驗的前輩，查了資料庫。像生銅這樣出錯，最後鐵定送進維修站。」跛腳只能照實回答。

「你是說生銅要被送去維修站了？」七逃仔總算意識到氣氛不對勁。

「而且是送到後面修頭殼。」跛腳補上一句，七逃仔嚇得倒抽一口氣，安哥表情愈加凝重。

「生銅知道一定怕到尿褲子。」七逃仔喃喃說道。

「我們是銅鐵仔，銅鐵仔不會尿褲子。」跛腳指出他的語病。「而且誰不怕？不要說你忘記了，整個腦袋被清到什麼都沒有，像個白癡一樣，誰都不想這樣。」

「那時候有你們呀！你們兩個都很照顧我。」七逃仔說。

「我們同一組，沒照顧你要照顧誰？」

「我們也要照顧生銅。」聽到安哥肯定的口氣，跛腳和七逃仔對視一眼。「要是我們放生銅出事，給人家知道我們這些銅鐵仔連自己人都不照顧，到時候還有面子走在路上嗎？」

安哥雙眼直視跛腳。「你還查到什麼？」

跛腳眨眨眼連結線上資料庫，綠色的光芒掃過眼前，安哥和七逃仔的雙眼緊接著閃過同樣的綠光。

「喔！跛腳的，看不出來動作這麼快，連資料都下載好了。」七逃仔驚呼道。

「少來這套，都在資料庫裡面，看你要不要去找而已。」

「有這些東西，就可以幫忙生銅。」

跛腳想著該怎麼說才能提醒他真正的關鍵不是這些資料，甚至不是他們三個。「安哥，我不是要掃興，最後問題還是那個，生銅仔願不願意上路。」

「是這樣嗎？」

「不是嗎？」安哥猜疑的口氣跛腳過去從來沒聽過。「你想到什麼？」

「我說你們，就只想著要幫忙他，都沒想過如果這個女人是假的該怎麼辦嗎？」安哥說：

「這說不定是一個陷阱，是維修站要整我們故意設下的陷阱。」

「真的嗎？」七逃仔大驚失色。「那生銅怎麼辦？他愛這個女人愛到處理器都快燒了，要是知道這個女人是假的要怎麼辦？」

「這個女人不會是假的。」跛腳搖搖頭說

「你怎麼知道？」七逃仔問：「你看過她嗎？」

「因為生銅不會跟我們說謊。」跛腳試著和兩個後輩講道理。「你們忘記了嗎？我們是銅鐵仔，不會把沒看到的事掛在嘴巴上說。我們和活人不一樣，沒有的資料就是沒有，不會自己生出來。生銅一定是在那裡見過她，記下的她的名字和樣子，才有辦法把這些資料送進處理器裡頭跑。」

「可是生銅除了下港之外，還有去過什麼地方嗎？」安哥又問，他向來不容易說服。

「有個地方是寶庫，只是你們都忘了。」跛腳指指自己的眉心。

「你是說資料庫？」安哥問道：「生銅和資料庫連線的時候找到這個女人？」

跛腳點點頭。「資料庫裡有很多東西，公司幫我們把全世界都放在裡面。如果這個女人是真的，生銅一定會知道要怎麼利用資料庫裡登記的資料找到她。」

「好喔，來去把生銅叫出來，我們為愛走天下！」興奮的七逃仔看來是不會接受否定的答案。

「你說的是真的嗎？」安哥又問：「只要活人愛上銅鐵仔，願意和他生活就能在一起？」

「我很久以前讀過資料，只是從來沒想過會有銅鐵仔願意去試。」跛腳回答。

要說跛腳沒有期待是騙人的，只是決定權在安哥和生銅手上，他充其量只是配角。眼前安哥雖然百般不情願，終究還是點頭同意，放任生銅繼續惡化不會是他的選擇。餐桌上的綠燈呼應七逃仔的歡呼轉成白色，下定決心的三人各自舉杯喝光飲料。空杯和以往一樣憑空消失，路過的服務生瞥了來去匆匆的三人一眼，扭扭嘴巴在平板上紀錄了一些東西。

離開餐廳後，安哥說要回去拿東西，和兩人約好在生銅的貨櫃屋見面，跛腳和七逃仔一邊散步一邊往生銅的住處移動。七逃仔東張西望，一雙手摸來摸去像隻猴子閒不下來。

「別玩了啦！」等到七逃仔決定要把路邊的垃圾桶扛去送生銅時，跛腳終於受不了制止他。「生銅自己就很愛堆東西，你不要再搬去給他擋路。」

「他說不定會要一個桶子來收東西。」聽這個嘻皮笑臉的調調，真的很難猜七逃仔是認真還是開玩笑。他今天特別興奮，幫他寫人格的設計師把七逃仔寫得像小孩子一樣，做事情三分鐘熱度，不懂思考前因後果。

「不要鬧了。」跛腳只能再說一次。

「不要就不要。」七逃仔聳聳肩，放下堆滿廢棄零件的垃圾桶。這些垃圾桶定時會有港工收去，送到回收場再製成其他零件。如果運氣好，跛腳的新膝蓋說不定就在裡面。

「你在想什麼？」七逃仔問。

「沒什麼，繼續走你的路。」跛腳說。

「很奇怪對不對？」七逃仔沒頭沒腦地問。

「說什麼奇怪，你有哪天是正常的？」跛腳反問。

「不是啦！我是說像生銅這個樣子很奇怪。你看平常設定是這樣，安哥是愛生氣的工頭，你是老好人兼查資料的前輩。生銅有怪癖但是很努力、很安分，我是講笑話和惹麻煩亂衝那個。結果現在生銅出狀況，你都不會覺得奇怪嗎？」

跛腳怎麼會沒想過？「哪個銅鐵仔的腦子不會出錯。」

「可是生銅是去愛到一個女人耶！」

「事情發生就發生了，想原因沒有意義，我們要想辦法幫他。」跛腳試著用邏輯說服七逃仔。「如果我們不幫他，誰還要幫忙？」

「我們是銅鐵仔。」

能迅速說出這個結論，算是平常安哥教導有方了。他們走到生銅的貨櫃屋樓下時，安哥已經背著一個怪模怪樣的箱子站在樓梯上，從半空中皺眉瞪著遲到的銅鐵仔。

「你們兩個搞什麼？」安哥問道。跛腳指了一下七逃仔，惹事的銅鐵仔裝出沒事的表情，滑步躲開安哥凝視。安哥翻了個白眼，招手要他們上樓。

「安哥？」

腳才剛踩上階梯，招呼緊跟著來了。跛腳和七逃仔都還沒踩上階梯，又硬生生停下腳步。

「闊少。」

凱子和同組的闊少走上前來，在昏暗的燈光下看起來像鬼一樣黑。「來找生銅？」

「是，你怎麼知道？」

「你有時間再講講他，說好來幫忙，結果都是我們在幫他。整個人魂不知道飛去哪裡，這樣下次有工作我們也不敢找他了。」凱子抱怨道。

面對這番怨言，安哥的停頓有些怪異，跛腳趕緊打圓場說：「唉唷，銅鐵仔互相一下啦！下次我們整組再一起過去給你們拚業績。」

「你們有心就好啦。七逃仔，下次過來和我們湊腳打牌。」

「好喔。」

凱子和闊少打過招呼後信步離去，身影消失在黑暗中。七逃仔還在嘻嘻笑，沒注意到兩個同伴臉色凝重。

「不知道生銅又惹什麼事情了？」他說。

「不懂就嘴巴閉著，腳快點走。」跛腳罵道。

「我不懂什麼——不要推啦！」

跛腳快步踏上階梯來到生銅的門前，搶在安哥之前伸手敲門。說真的，他每次都很怕安哥舉起拳頭，會先把門給痛扁一頓。

「生銅仔，你在裡面嗎？」跛腳問道，裡頭沒有回應。這次換七逃仔擠到前面，猛敲門大喊。

「生銅，我來看你有沒有事情，要開門了喔！」

「你會開門？」

「我們兩個是同一批出貨的呀。」

原來如此，所以他們有同一批人造指紋，跛腳這下懂了。七逃仔把手指壓上辨識鎖，鐵門隨即解鎖。三人打開房門，白色的燈光照亮滿地的雜物。

「生銅這麼會堆喔？」七逃仔訕笑道。

「人家是惜福，哪像你都撿垃圾。」跛腳代替生銅回了一句。

「我撿的是模型不是垃圾！」

跛腳正打算再回一句，只是看見安哥蹲下來檢查床墊上的吉他，轉念決定先放七逃仔一馬。床上的吉他實在不算完整，生銅把這種東西放在床上做什麼？

「這是……」

跛腳還沒得到答案，貨櫃屋裡的燈光突然閃爍了一下，轉紅又跳回白色。三人猛回頭，生銅抱著肚子走進房間，看見三人在房間裡有些訝異。

「你們怎麼會在這裡？」

「來看你這個腦筋秀逗的銅鐵仔。」七逃仔代替三人回答。
「你們有遇到闊少他們嗎？」生銅又問。
「門關起來。」這是安哥的答案。氣氛不大對勁，緊張的生銅關上門，手依然抱在肚子前，想來是要保護藏在肚子裡的東西。跛腳試著猜他究竟藏了什麼在裡面，卻又沒有半點頭緒。
「我讓跛腳跟你說。」安哥說。
「我們三個談過了，你不能再這樣下去。」
「我怎樣了？」
「像個殭屍一樣每天晃來晃去，摘花、唱歌、寫詩。你這樣不行，事情該收尾了。」跛腳清了清喉嚨說：「我們決定了，要來去大都市。」
「我不去。」生銅立刻說。
「不去？不去你還能怎樣？」跛腳追問道。
「要是去了，你們也會給我拖下水。」
「你是騙我這台老骨董第一天開機嗎？」
生銅往後躺在門上，背貼著門慢慢往下滑坐在地上。這個傻瓜，以為這樣裝沒事還能裝多久？跛腳實在同情他，居然如此天真。
「你肚子痛嗎？」另一個更天真的問。

生銅點點頭。

「我不知道銅鐵仔也會肚子痛。」七逃仔讚嘆道。

「別鬧了。生銅，老實跟我們講，你是不是怕給人洗腦？」安哥把擋在前面的七逃仔推開。

生銅同樣又點了點頭。「要是失敗，我就再也記不住涼夏的樣子。」

「涼夏？」

「她叫涼夏。」生銅回答七逃仔的問題。連名字都有了，跛腳的預感是對的，安哥表情沒變，大概是早就知道了。

「你怕這個涼夏不喜歡你？」七逃仔問個沒完。

「她為什麼要喜歡我？我只是一個銅鐵仔。」

「你幫她摘花、唱歌、寫詩，這樣她還不喜歡你，不然是要喜歡誰？」

「我不知道，她是一個女人，我是一個——」

安哥豁然向前，一把推開七逃仔打斷生銅說話。「幹！銅鐵仔又怎樣？我們銅鐵仔就不能愛人嗎？」

「可是……」

「你這個傢伙只知道在這裡怨東怨西，以為會有人來可憐你。你以為誰會看到？這個夏涼嗎？」

「安哥，是涼夏啦……」七逃仔小聲提示。

「涼夏會看到嗎？」

生銅眼神飄忽，不敢和安哥對視。跛腳左右瞄了一下，彎腰拿起吉他放到他手邊。

「你看看你這個吉他，弦也缺，箱子也破了。要修也要拿去大都市才有東西。」他說。生銅看著吉他，眼神流漏哀戚，這實在不是一個定時上工的銅鐵仔該有的表情。

「我怕忘記她，要是忘記她，我又會像以前一樣每天只知道撿垃圾。」生銅說。

「所以你才更應該去大都市，當面告訴這個涼夏你做了什麼。你還可以做給其他銅鐵仔看，讓他們知道銅鐵仔也可以變活人。」跛腳試著和他講道理。安哥解下背上的琴盒，同樣交到生銅手上。

「上次撿到的，你可以用來裝吉他。」

生銅接下琴盒。「要是失敗了，你們會怎樣？」

「怎麼會失敗？我們銅鐵仔不會失敗。你去下港鎮問問看，看哪個銅鐵仔記得他們失敗的時候是什麼樣子。」

「不會講話嘴巴就閉起來啦。」跛腳罵道，但不得不說給七逃仔這麼一插話，氣氛輕鬆了不少。他上前扶起生銅，一個銅鐵仔像垃圾一樣窩在地上實在不像話。

「銅鐵仔不要失志，有問題我們幾個老兄弟來相挺。」跛腳說話時，彷彿也發出了什麼召喚的咒語，讓其他兩人圍過來，四人搭肩圍成一團。生銅深呼吸，終於下定決心，緊抱住琴和兄弟。

看看他們激動的樣子，跛腳終於完成任務了。

七、直播劇本

下定決心，就該有所行動。跛腳坐在生銅的床上，開始對另外三人詳述計畫，四人眼中閃動綠光。

首先，跛腳拉開大腿上的拉鍊，露出工作服底下的電池。

「要離開港口到大都市，第一件事就是電池。我們每個人身上都有一顆，充飽的電量夠我們活動三天，想保持高電量維持活動力，得每天去餐廳充電才行。光靠這一顆電池，我們連下港都走不出去。」

站在床頭的七逃仔立刻舉手。「維修站有備用電池可以拿。」

「可是維修站的電池要申請。」生銅說。

「我只說要拿，又沒有說要申請。」七逃仔露出笑容，看來他會怎麼拿到這些電池是不用懷疑了。

「你有辦法，帶過來就對了。」跛腳繼續講解。「不過要出發也要有目的地。生銅仔，換你告訴我們該去哪裡。」

「我查過了，她在永續能源公司總部當機訓師。」

「知道地方事情就好辦了。」跛腳立刻連上資料庫調出地圖。資料庫沒讓他失望，一下子就秀出完備的逃亡路線。「找到了。公司總部大樓目標明顯，路線也很簡單，資料庫裡都有地圖。麻煩的是速度，我們沿著舊鐵路走，至少要走一個月才到大都市。」

「太久了，一顆電池只夠我們走三天，我們沒辦法一人揹十顆電池上路。」安哥說。

「所以我們必須走到西港的回收站，搭上下一班向北的收貨車，就能在一天之內抵達市郊的轉運站。這班車一個月只開一次，錯過就沒機會了。」跛腳亮出他準備好的下一步。

「可是我們沒辦法走出警戒線去西港，我們沒有授權。」生銅又說。

「這個我會搞定。」安哥說：「我會去維修站的任務中心申請外出任務，取得授權讓我們這一組踏出警戒線。外出任務要每天回報，依我們的腳程會在第三天的時候超出許可範圍，到時候維修站就會派人出來找我們。」

跛腳點點頭。「如果我們搭上貨車，就能把維修站的人甩在後面。」

「要是沒搭上，我們就要被送到維修站後頭了。」七逃仔嘻嘻笑著補上。「要是維修站追來，就把我打壞，再說是要找維修零件才會跑進西港。你們覺得這招好不好？」

安哥和跛腳忽視七逃仔的蠢玩笑，嚴肅地看著生銅。

「我們準備要幫你到底。現在，就看你走不走了。」安哥說。

生銅環顧三人，三人神情各自不同，卻又同樣堅定。

「我永遠不會忘記你們。」

「最好是真的，等你變成活人，我們這幾個要靠你吃穿啦！」

七逃仔這次總算講對了笑話，四人哄堂大笑。

說也奇怪，一旦下定決心，時間突然變得飛快。生銅、安哥、跛腳、七逃仔四個開始各自的計畫，並約好隨時聯繫。七逃仔利用他的好人緣，混進維修站裡光明正大推了一車的電池離開，好帶去幫別組的工人更換損壞的電力供給系統。整個過程中，沒人搞清楚損壞的系統到底是什麼，究竟位在何方，是誰要修。

安哥找了一樁搜索廢棄垃圾場的任務，讓四人能夠合法離開小鎮。跛腳和生銅負責工具和裝備，由於不知道路上會有哪些需求，他們兩人跑遍了機體裡的各項檢修程式，把可能發生的大小故障都清算一遍，列出輕重緩急，替四人準備好各種維修工具。算他們運氣好，銅鐵仔不用吃喝拉撒，有多餘的空間能多帶工具。

「充電線也要嗎？」七逃仔拿到背包時問：「我以為這種老古董沒人用了。」

「要是到西港或是轉運站有舊型充電站，就能拿來用一下，省一點電池。」跛腳說。

「哪有運氣那麼好？」七逃仔嘟噥道。

安哥的瞪視比跛腳的苦勸更有說服力，他終究還是背上了充電線，還有其他沉甸甸的裝備和工具。出任務的時間終於到了，四人扛上背包，踏著淺藍色的晨光走出下港鎮。時間還早，還不到其他工人上工的時間，路上冷清清的沒半個人，只有來不及熄滅的路燈送四人上路。生銅的感官配備查知清晨的惡寒，趕緊加緊腳步上路。

其他人想必也是同樣的心情，或是系統提醒他們同樣的結論。四人腳步飛快，抵達小鎮邊緣的閘門時，比原先預計的時間還早。生銅、安哥、跛腳、七逃仔四人輪流彎腰鑽過閘門橫桿，橫桿上的綠色燈泡閃爍兩下，又回復平靜。

生銅通過時抱著琴盒，感覺裡頭樂器的重量。他染上了人類的壞習慣，吉他當然還在盒子裡，用不著因為看不見就起疑心。最後通過的七逃仔回頭檢查燈泡，不知道又在想些什麼。

「怎麼了？」跛腳問。

「我以為會有警鈴還是什麼的。」七逃仔說。

「那個感應器只有沒授權的銅鐵仔通過才會有反應。」跛腳說：「而且說不定壞很久了都沒人修。」

「我還以為會更有氣氛一點哩。」

「我們在跑路，是要有什麼氣氛啦？」跛腳問。

「我看那些電影都這樣演呀，主角走在路上，等一下就會有人跑出來追殺，開槍放炮之類的。」七逃仔說得天花亂墜，活像真有一票惡徒追在他們身後。

「你電影看太多了。」安哥下了結論，把話題帶到更有價值的方向。「生銅你還好嗎？」

生銅點點頭，把琴盒推到背後。

「你記得我說的話，要是出事你不要管我們，只管上車逃跑知道嗎？」安哥說。

「你們不會有人出事。涼夏會喜歡上我，我會幫你們變成活人。」生銅試著說話時不發抖。

討厭的人格模擬，他應該要能夠冷靜說完這些話才對。

「夠兄弟，我喜歡。」七逃仔說。

「先等我們到大都市再說吧。」安哥帶隊往前走，其他三人邁步跟上。七逃仔還沒放棄他開的話題。「不要這麼嚴肅嘛！生銅你先說，要是你變成人，第一件事會和你女朋友做什麼？」

「我、我不知道……」

「唉唷，你這樣怎麼把妹妹？我先講，我要是有女朋友，第一件事就是帶她去吃大餐。像我們充電餐廳裡的烤雞烤牛吃到飽，紅酒白酒喝到吐！」

跛腳嗤了一聲。「總歸一句就是想吃。」

「阿不然你想做什麼說來聞香一下？」七逃仔立刻反擊。

「當然是帶她去看漂亮的大房子。我跟你講，女生最愛漂亮的大房子。」

「那種叫豪宅別野啦！」

「沒水準，是叫別墅。」跛腳糾正七逃仔，犯錯的小子一副無所謂的傻樣子。

「都可以啦。安哥你呢？」

「我沒有女朋友。」

「聽你這種口氣一輩子也不會有。」

安哥說出通用語作為回應。「幹。」

「生銅你哩？」

生銅想了一下。「我想帶她去看花，種了整個山坡的花。」

七逃仔哈哈大笑。「神經喔，大都市裡怎麼會有整個山坡的花？」

「不然，我把我寫的詩唱給她聽。」

「喔，這個有浪漫了！不錯、不錯。」

「你知道怎麼唱歌？」跛腳問。

「我也不知道。一開始有點模模糊糊的，可是這兩天好像愈來愈清楚。」話雖如此，但生銅對歌喉的把握不如他自述得多。

「幹。」

「反正走也是走，不然你來唱唱看。」安哥說：「總比聽七逃仔廢話好。」

「今天我們還很安全，想唱就唱。」跛腳說：「試試看嘛。」

「那我就……」

生銅清清喉嚨，抱著琴盒假裝彈琴。跛腳和七逃仔挑起眉毛，但沒說話。

「我比較習慣這樣。」

兩人揮揮手要生銅繼續，低頭迴避視線接觸，生銅知道他們在偷笑。但是不管了，既然說要唱了，就要做到底才行。生銅鼓起勇氣發出聲音，一開始旋律斷斷續續，然後漸漸愈唱愈順。跛腳和七逃仔的竊笑不知什麼時候停了，安哥沉重的腳步似乎也變得輕快。生銅愈唱愈大聲，愈唱愈穩，好一陣子沒人說話，柔美的旋律隨四人腳步推進，白日的陽光漸漸消退，最後只剩鐵道旁閃爍的號誌燈。

如果有觀眾的話，生銅心想，所有的觀眾一定會替這一幕落淚。四個銅鐵仔，為了他的夢想踏上旅程，徒步走上敗壞的老舊馬路，頂著烈日前往從未見過的大都市。這一幕帶給他力量，給他好預感面對未來。人格模擬當然多少幫上一些忙，不過沒有正面的資訊，處理器也得不出正向的結論不是嗎？他會找到涼夏，生銅等不及把這一切所見所聞說給她聽，告訴她銅鐵仔的心裡也藏著黃金。沒有工作提醒無聲催促的四人沿著舊鐵道一路向前，晨昏晝夜被四人拋在後頭。

*

如果那個聲音能有一時稍停，夏涼今天說不定還有心情繼續工作。可是沒辦法，頭髮凌亂的恬恬坐在電腦前飛快打字，全然不受控制，咖搭咖搭的聲音像機械故障的警示聲不斷刺進夏涼耳中。這完全沒有必要，市面上不知道有多少語音轉換文字工具，隨便一架都能令她耳畔的噪音歸於虛無。但是恬恬偏不用，非要折磨自己、折磨同事。

突然，恬恬發出嚇人的尖叫。

夏涼覺得自己快瘋了，座椅上的測試機型坐立難安。

「完成了！我終於完成逃亡任務的劇本，可以幫妳的二十九號港工逃出下港了！」

不能接話，不能讓她打開話匣子，否則事情沒完沒了。夏涼強迫自己專心，搭著測試機型的肩膀，卻想不出下一步該做什麼。恬恬離開電腦螢幕前，故作姿態端杯子喝飲料看著她。

「怎麼了嗎？」夏涼裝出不在意的口氣，和測試機型大眼瞪小眼。

「我在看妳什麼時候才會清醒呀。」恬恬說：「我知道妳很在意這個二十九號，不然就不會天天問我進度。」

「我只是想和妳確認進度，確認測試不會打亂港工工作。」夏涼這句話有一半是事實。

「我打亂這些港工？」恬恬問。

「港工是非常重要的工作機具，沒有它們，我們就沒辦法從垃圾島取得原物料。」夏涼想起來了，要測試握力。她慢慢握住測試機型的手，刺激測試機型回握檢查反應。

「妳心疼嗎？」恬恬又問。

「我當然心疼，下港的港工都是我親手調校設定，讓他們有辦法思考、解決突發狀況——嘿！妳在做什麼？」

鍵盤聲讓夏涼心生警覺，立刻放下測試回頭查看。恬恬不知道什麼時候又坐回電腦前打字，臉上帶著賊笑。

「妳不會又把我說的話打下來了吧？」

「當然沒有。我跟妳講，這些台詞都是我設計過，比妳講得好聽一百倍——欸！妳不要偷看。」恬恬張開手臂擋住螢幕和鍵盤，活像試圖保護小雞的母雞。「劇本是最高機密，就算是妳也不准偷看。」

夏涼發現測試機型不知道什麼時候抓住她的手，顯然害怕有人會撲到同事身上，引發暴力衝突。很好，她躁動的情緒連一架還沒通過測試的機器都知道，那還有什麼事她藏得住？

「妳放心，二十九號和涼夏會有一場轟轟烈烈的戀愛，然後我們會變成公司的大紅牌，積分會直衝高標。」恬恬說：「別說你不喜歡談戀愛，沒人會不喜歡戀愛劇。特別是妳，我有個同學就是像妳這種型，平常很認真讀書，可是私底下超迷虛擬偶像。」

「我想談戀愛也是找一個和我認識，生活在現實中的人。」

「啊哈！」

察覺說錯話的夏涼抿嘴低頭。

「總而言之，我不會因為虛擬的情節就喜歡上某人。」

「真的？不喜歡有人寫詩給妳嗎？」恬恬的口氣一點都不像提問。

「我學的是程式碼。」

「這句要是給二十九號聽到一定會很精彩。」恬恬裝模作樣地嘆息。

「他不會聽到我說的話。」

「我之前也不相信他會愛上妳。妳都不知道，觀眾愛死妳這個癡情的港工，還有他的好兄弟。我們兩個的實境秀大受好評，留言區的觀眾都要我們快點把這些港工拆了，愈不人道愈好。」

測試機型的瞳孔放大。

「為什麼要把它們拆了？」夏涼問道。

「敢違背指令不工作，又計畫溜出管制區，這些港工超叛逆妳不知道嗎？觀眾可是等著我們伸張正義呢！妳等著看，反英雄是新興的潮流，愈多人罵人氣愈高。我們的港工一定會紅，等到最後再給它們一個震撼大結局，全國的觀眾就再也忘不掉永續能源公司。」

「那我最好不要破壞妳的好事，讓觀眾繼續享受。」夏涼說：「沒事的話我要繼續工作了。」

「妳怪怪的，難不成妳也做了什麼壞壞的事嗎？」

夏涼沒理會恬恬。她要測試機型站起身，觀察動作是否流暢，一邊檢查監控程式上的數字。如果它能把憂心忡忡的苦瓜臉抹去，表現分數應該能更完美。恬恬還在背後探頭探腦，夏涼逼自己專心工作。不知道阿白現在在做什麼？夏涼需要一個兼具理性和感性的聲音，告訴她接下來幾個小時不會和永恆一樣漫長。

敲打聲再次響起，沒完沒了的劇本構成新時代的地獄。

*

在夏涼的地獄之外，大城市的另一頭，螢幕上的教練愈跳愈高。小石頭在螢幕前模仿，使盡渾身解數要吸引阿白注意。阿白坐在餐桌旁，停筆看小石頭發癲。電子寵物的生命還真是單純又美好，他忍不住笑了，接收到訊號的小石頭立刻追著自己的尾巴繞三圈，蹲在地上呼呼哈哈接受讚美。

牠其實不需要呼吸，喘氣只是模擬真狗的行為，讓人類能更喜歡牠。阿白把小石頭跳舞的樣子畫在筆記本上，細細的筆觸將整個頁面全部填滿。木漿紙以公克計價，每一點都不能浪費。上次生日夏涼幫他買的素描簿還在櫥櫃裡，阿白捨不得動用。

他作畫的題材不多，除了小石頭之外就是螢幕上的人事物，再不然就得從回憶中去找。他的回憶不算豐富，也很可能來不及充實就要畫上終止線，但他還是想辦法努力留下什麼，畫出夢中顛倒錯亂的情景。夏涼有時候會笑他把夢境和現實混淆了。

傻女孩，有她在身邊，阿白哪一天不像在作夢？

劇痛從他腹部深處竄出，呼吸嘎然而止的阿白趕緊攀著桌子滑到地上。時間只夠他左手摀著肚子，右手丟開筆抓住抹布。

「爸爸！爸爸！」

小石頭直奔廚房，電子語音焦急呼喚。在那驚險萬分的一刻，阿白把抹布蓋在牠頭上，遮住電子狗的臉。小石頭僵住了，牠的眼睛是鏡頭，一旦察覺異狀就會傳出求援訊息，誰會看到訊息阿白一清二楚。可是夏涼的設定讓牠不敢掙脫阿白的手，以免男主人需要牠扶持，一人一狗頓時僵持不下。

夏涼要操心的事夠多了，阿白慢慢恢復呼吸，等待疼痛過去。他應該聽夏涼的話多強化肌肉，好紓解發作的痛苦。但事實上，他早已經習慣痛苦，也已經做好心理準備讓病痛帶他離開。

唯一的問題是夏涼。

阿白躺在地上，疼痛稍緩之後慢慢移開小石頭臉上的抹布，順勢扮了個鬼臉。他痛到臉部扭曲，鬼臉想必很有說服力，小石頭嚇得汪汪亂叫，逃出廚房躲了起來。很好，這樣應該騙得過去。阿白往前爬，趁著電子狗演牠那一套受驚嚇小動物劇場時，躺到電視螢幕前的軟墊上。

等到終於喘過氣，小石頭趴搭趴搭踱步回到他身邊，阿白對牠微笑，躺在軟墊上對螢幕打手勢轉換頻道，並調高音量。電視的聲音突然變大可以讓小石頭暫時分心，不去注意阿白心跳或其他生命跡象。螢幕切換到談話節目，節目裡的女主持人和女來賓正在討論現代人工時降低，是因為人口紅利還是因為怠惰罷工的風潮正在醞釀。

阿白揮手轉台，他發現自己很難跟上這些談話性節目的步調。觀點不斷在變，每一件事好像都是陰謀，永遠摸不清是非對錯。下一幕連續劇裡的強壯的女主角拿著扳手宣示她會走出陰霾，打造全新生活。阿白忍不住苦笑，又轉到新聞頻道，女主播唸出四十歲以下男性死亡率依然居高不下的新聞，恐怖的疫病持續摧殘新一代的男人。

今天電視看得夠多了。臉色鐵青的阿白轉到最後一個頻道，螢幕上顯示本節目提供廠商為永續能源公司。

阿白仰起頭，想到一些事。「小石頭你看，是媽媽的節目。」

「媽媽！」小石頭對螢幕汪汪兩聲。

「好，我們就看這一台，看媽媽在上面演什麼。」阿白抱著小石頭掙扎起身坐定，一人一狗今晚無災無難。

八、奔馳的列車

走進收貨站，生銅第一次感覺到什麼叫作衰敗。誠然，下港也是破破爛爛，但至少還有港工來來去去，工作進出維持生氣盎然的假象。可是看看這個地方，高到誇張的機械吊臂和站亭上除了鏽斑，剩下的就是黴菌和藤蔓。生銅不願這樣想，可是他的處理器自動推出一個結論，這個收貨站快被消化掉了。那些會腐蝕金屬的風霜雨露塵埃砂土，正慢慢把這個地方磨成爛泥巴。

「我們今天晚上睡這裡嗎？」七逃仔在中庭大喊，讓回音灌滿同伴的腦袋。

「不行。」安哥簡短回了一句，雙眼發出綠光，眨兩下眼睛斷線之後繼續往前。

「不知道在神氣什麼，睡這裡避開露水不好嗎？」七逃仔咕噥道，擠過生銅身邊催他快點走。生銅又好氣又好笑，腳下跟上，手上回了一拳。

「我們只是來這裡交任務，不能待太久。」跛腳對兩人解釋道：「待太久會被發現有鬼。我們到前面一點的地方紮營，明天中午再回來搭車。」

「今天要搭車。」生銅說：「第三天了。」

他們兩人的話刺激七逃仔的記憶。「喔，第三天了。」

四人先後走出舊車站，腳步不知道怎麼變得沉重。安哥帶他們繞過一個小山坡，就近在鐵道旁找了塊平坦的草地，要大家預備紮營休息。明天就要搭上車了，氣氛和黃昏的天色一樣陰鬱，生銅突然有了想法，爬上山坡的雜林裡找枯枝和乾草回來堆成小山，又拿了一個備用的電池接上裸露的銅線。

好奇的七逃仔湊上來。「你溫控壞掉會冷嗎？」

「生銅說生火才有氣氛——看來終於找到比你瘋的銅鐵仔了。」跛腳在旁邊格格直笑。

「你們這些銅鐵仔好奇怪。」嘴巴上這樣說，七逃仔依然看生銅生火看得興味昂然。好不容易，生銅成功讓電線上的火花跳上乾草做的火絨，火焰照亮他興奮的笑容。站在一旁替生銅提供光源的安哥收起手電筒，眼神迷茫看著愈燒愈旺的火堆。

「我有好東西！」七逃仔拉開工作服的拉鍊，從肚子裡掏出好幾個小酒瓶。「來來來，每個都有一瓶。要說氣氛，怎麼可以少了這一味。」

「呼呼，銅鐵仔不怕死，要吃酒了。這罐吞下去不怕短路嗎？」跛腳說。

「誰叫你喝下去？那些大戶都是當漱口水，咕嚕咕嚕呸啦！」

氣氛正好，就連安哥也接過酒瓶，跟著其他人打開仰頭灌了一口，再各自轉頭吐掉，發出噁心的聲音。

「操，這味有夠嗆，真的是酒嗎？怎麼和我們在餐廳喝的都不一樣？」跛腳問。

「你去哪裡拿的酒？」安哥也問。

「就上次有鐵櫃那個島，裡面有一箱好的我就給他留下來了。」

「這種味道叫好？」生銅皺眉看著灰褐色的飲料。

「我也不知道，我只喝過餐廳裡的。」七逃仔聳聳肩。

「餐廳裡的怎麼和這一味比？」跛腳嘆氣說道，和四人相視大笑。安哥帶頭把酒潑在火堆上，火堆爆出火焰。

「真奇怪，以前活人怎麼會喜歡這一味？」七逃仔把酒瓶隨手往後一丟。難得一次能對這些垃圾態度隨便，其他三人也沒放過機會，乒砰聲此起彼落。

「活人做的怪事可不只這一樁。」跛腳說：「別忘了就是上一代的活人把一手好牌全部玩掉，顧著做機器卻忘了顧一下生活環境。我們這些銅鐵仔，本來都是他們用電、用重金屬搞出來的人工智慧。只是後來活人連自己的生活都過不下去了，才把我們裝到機器裡面，變成銅鐵仔出來挖垃圾，讓大公司收回去做東西。」

「半仙開示囉！」七逃仔呵呵笑說：「半仙、半仙你快說，為什麼他們都這麼笨呀？」

「我要是知道就不是半仙，是成仙了。」

「自己褒都不會臉紅。生銅仔，跛腳仙這樣開示你有聽懂嗎？」

生銅只能苦笑。「所以這些活人還特別讓我們知道什麼是愛嗎？」

「為了訓練人工智慧，活人很用心在設計，大大小小的事都有教我們。」跛腳回答，四人間突然一陣沉默，然後七逃仔才緩緩開口。

「所以我們應該是高級的智慧沒錯吧？」

「對啦，會撿垃圾的高級智慧。」

安哥嗤之以鼻。「我不信。」

「不信什麼？」跛腳問。

「學這個愛哪有什麼用，只不過讓生銅精神散亂而已。」安哥回答。

「你不是很支持生銅去大都市嗎？」七逃仔問。

「我是很支持他沒錯。」安哥眼中散發綠光，其他人停止對話。綠光消失了。

「我剛剛和下港那邊回報任務。」安哥解釋說。

「他們有說什麼嗎？」生銅問。

「沒有。」

「所以現在呢？」

安哥從口袋掏出螺絲起子，用嚴肅的目光掃過三人。「今天是第三天，要來動手術了。」

七逃仔假裝嚇到。「玩這麼大？」

「拆完發信器，明天他們就會發現我們四個失蹤。」安哥看著生銅，這是最後後悔的機會。

「我先。」生銅伸長脖子，頭向後仰。安哥起身，撥開生銅左耳下方一塊皮膚，將藏在裡頭的發信器拆下收進口袋。

「看起來很好玩，我要下一個。」

安哥轉向七逃仔，同樣拆下發信器收進口袋。再來是跛腳，安哥完成後將螺絲起子交給他，自己盤腿坐下頭向後仰。跛腳將安哥的發信器拆除，七逃仔和生銅手搗著脖子看到最後。

「然後呢？丟進火裡？」七逃仔問。

「丟進火裡發信器會馬上爆掉，傳訊息給維修站說我們出事。到時候整個下港的警工就出來追我們了。」跛腳回答。

「那要怎麼辦？」

「都先給我，我明天出發前會拿去埋起來。」安哥將發信器集中放在鋪位旁，四人望著四塊小碟片發呆了好一會兒。首先清醒的是生銅，他清了清喉嚨，吸引所有人注意。

「我知道這一趟可能沒有意義，可是還是要謝謝你們陪我走這一趟。如果只有我一個，我可能永遠都不會走出下港。」他說。跛腳笑而不語，搖頭揮手表示不用客氣。安哥沒有回答，坐在自己的鋪位，眼睛還看著發信器的碟片。

七逃仔跳上去環抱生銅的肩膀，用力搓他頭髮。「唉唷，換你電影看太多，噁心起來了。」

「不要弄我！」

「哈！放心，我這個兄弟不只會陪你到大都市，天涯海角也沒問題啦。跛腳的，你說對不對？」

「我們都會支持你。就算這一趟最後什麼都沒有，至少我們走過了。」跛腳給出肯定的答案。

生銅掙扎扭頭躲過七逃仔的惡作劇，視線轉向安哥。

「安哥，我知道你不是那種談情說愛的人，不過你的心意我知道。」

「早點休息省電。」安哥轉身躺下，用手臂蓋住眼睛。七逃仔推了生銅一下，指指安哥，扮出害羞的樣子。生銅苦笑，和七逃仔一起返回鋪位。跛腳用砂土將火堆蓋掉，他們明天還有車要趕。

火光熄滅後，四人各自進入休眠，檢測機體。生銅有個預感，今夜的檢測斷斷續續，令人分心的訊號一直打斷程序。生銅睜眼轉醒，赤裸的涼夏身姿酥軟得好像沒有骨頭一樣，委身倒入他懷中。

生銅沒有多想便抱住夢中的天使。

「我要去找妳了。」

涼夏沒有說話。

「我不知道妳是不是真的，不知道妳是不是我的幻想，但是我知道我必須去找妳。涼夏，妳是涼夏對不對？」

涼夏唯一的回應是將身體縮得更小，讓生銅抱得更緊。

「我想像過妳的樣子，卻從來不知道抱著妳是什麼感覺。妳好溫暖，真正的妳也是這個樣子嗎？」

涼夏挺起身體，和生銅四目相交。她伸出手指，輕輕碰了一下生銅的嘴唇，生銅楞了一下，眼中閃過一片綠光。

「好奇怪，看著妳，那些詩好像就會自動出現。妳、妳想聽聽看嗎？」

涼夏微笑點頭。

「好，那我就、我就念給妳聽。這樣喔，來了——我是說，我要念了。」

涼夏輕輕握住他的手掌，生銅深呼吸。

「放、放下影子出走，承受驕陽，解離的雄心蛻、蛻下染塵的殼……」生銅愈念愈沒自信，垂下肩膀說：「抱歉，我後面記不清楚，只記得有講到風還是山。」

涼夏微笑，略帶憐惜，又像在鼓勵他繼續回想。

「去吧，去煙霧氤氳之地——」生銅又說出一句，卻像觸動了什麼開關一樣，讓涼夏眼中泛出光芒。

「怎麼了？」

沉重的引擎聲響起，轟隆隆震破寧靜的黑夜。涼夏消失在強光中，生銅自夢中驚醒，遠處有道白光貫穿黑夜。那個沉重、規律的引擎聲只代表一件事。

「快起來！」生銅趕緊左右呼喚同伴，這沒花他太多功夫，列車行進的聲音連死人都能驚醒。

「發生什麼事了？」七逃仔坐起身兩眼瞪視前方，像當機一樣愣在原地。

「是火車嗎？」安哥瞇眼想看清楚。

「幹！那是我們的火車！」跛腳眼中閃過綠光，立刻確認了壞消息。

七逃仔從鋪位上跳起來大叫：「怎麼會現在就出現？不是說明天中午嗎？」

「我怎麼知道！」跛腳吼了回去。

「不要廢話！裝備背著，跳上去！」安哥一聲令下，嚇壞的銅鐵仔立刻分頭撈起背包和裝備，沿著鐵道狂奔。白光逼近，轟隆引擎聲壓過四人的呼喊。逐漸加速的列車沒有絲毫憐憫心，和其他機器一樣遵守誕生以來唯一的使命，滾動沉重的鐵輪向前，一節一節的身影掠過四人。他們不可能追上這頭鋼鐵怪物，所有的擋在軌道上的阻礙物只會被它碾碎。

銅鐵仔的機會正迅速從指掌間溜走，跑在最後面的七逃仔眼神一閃。一切只發生在一秒之間，他的系統、記憶體、程式、每一個令他擁有生命的線路和零件當下有了決心。七逃仔閉上眼睛，身體一橫滾上鐵道。疾馳的火車發出恐怖的哀號聲，車速頓時變慢。前方狂奔的三人腳步暫緩，恐懼的視線左右張望，想找出合理的解釋。

七逃仔下半身卡在列車底下。

「七逃仔！」三人轉身想跑向七逃仔，七逃仔揮手搖頭阻止他們。

「等什麼？快點上去！」

「可是你——」生銅往回邁步，卻被安哥攫住手臂。

「快點上車！」有了決斷的安哥抓住生銅的手，硬是將他拖上車。

「你做什麼？你沒看到他在那裡嗎？」生銅吼叫抵抗，想回到七逃仔身邊。但是跛腳也湊上來和安哥合作，硬是把他給推上貨櫃之間的連結處。生銅想逃跑，比他強壯、決心更足的安哥用手臂壓住他的胸口。生銅的背抵著金屬貨櫃，跛腳在他身邊，雙手緊攀著貨櫃的邊緣低著頭。不遠處傳來恐怖的輾壓聲，好像有什麼東西斷掉之後，火車漸漸恢復速度和轟隆隆的運轉聲。

生銅覺得世界突然變得安靜，好像有人阻斷了他的聽覺。安哥雙腳踩在連結前後的扣環上，腳下不斷隨著轟隆聲逝去的軌道糊成一團灰色的影像。

「你怎麼可以？」

安哥緊緊抿著嘴唇不說話。生銅一拳突出，猛擊安哥的腹部，一股詭異的晃動傳到他的拳頭上。生銅先是一楞，接著發狂一拳又一拳攻擊他的兄弟。安哥始終不為所動，恢復車速的火車沿著軌道飛馳，離開黑暗的鄉間，向著燈火通明的大都市前進。

九、有所取捨

一連串叫好、憤怒的字眼和表情符號，遮蔽了血腥的畫面。小石頭嚇得發抖，躲在目瞪口呆的阿白身後用爪子壓著頭。噁心湧上喉嚨，阿白從軟墊上跳起來衝向水槽，將晚餐吐得一乾二淨。恐懼讓他急著掏空自己，本能鞭策他快點逃亡。只是他能逃去哪裡？他的呼吸端賴這封閉的小公寓維繫，逃亡不啻於自殺。

他腳邊有動靜，低頭一看，是小石頭趕到主人身邊試圖安慰他。阿白彎腰拍拍小石頭，讓牠乖乖坐下。

「沒事，我們會沒事的，我來打簡訊給媽媽。」

「爸爸！」

「爸爸沒事。」

這是騙人的，小石頭比他清楚。一站起來，噁心再次襲來。阿白對著水槽乾嘔，持續了好一陣子才停下。老毛病選這時候發作，未免太老套了吧？等緊急狀況稍緩，終於恢復一點力氣的阿白用手背把嘴角沾上的東西抹掉，不經意看了一眼。

果然，是老毛病，老套。

阿白打開水龍頭將手洗乾淨，靠著流理台坐下拿起手機。

＊

抓著手機，回頭逆著人群行走的方向，夏涼快步直衝辦公室，時不時一記的悶響撞上她的肩膀、身體。她才離開了一下下，只是不想聽見恬恬裝模作樣和觀眾打情罵俏的聲音一下下，就這麼一下下，她在測試場的平衡木上試著維持平衡，好讓那些笨拙的新機體跟上，突然間所有的東西都被推到懸崖邊，隨時要摔個粉身碎骨。阿白把簡訊寫得很婉轉，但是夏涼讀得出裡頭藏起來的血腥。他以為夏涼還是孩子嗎？

踏進辦公室，恬恬正捧著飲料坐在座位上，舌尖舔過沾在唇上的紅茶。夏涼深呼吸，慢慢將辦公室的門關上。冷靜，冷靜是關鍵。

「妳怎麼了？」

「發生什麼事了？」夏涼問道。

「沒什麼，只是觀眾一下子上升四千人次，現在討論區的人數還在成長。唐部長剛剛跟我說目標是下個禮拜之前成長一萬人次。」恬恬呼出一口長長的氣，一副心滿意足的樣子。夏涼注意到桌上的宵夜只吃了一半。

「今天胃口不好？」

「有點飽，不想吃。」

夏涼倒是有點想吐。「有個港工被輾壞妳知道嗎？」

「那個港工呀？我知道，他跳進去之後我的觀眾一路往上飆。真是謝謝他了。」恬恬拍拍肚皮說。

「妳把我的港工輾成廢鐵嗎？」

「那是一樁美麗的意外。」恬恬聳肩說：「好在結果不錯，我說過了控制得太好的劇碼大家不喜歡。有這種意外的情節，觀眾就算看無聲畫面也看得爽。」

夏涼說話時聲音顫抖，得努力保持冷靜。「妳播這種畫面，不怕資安機關來查我們公司嗎？」

「他們才不會管我們這種節目。我們是大眾頻道，是為了大眾服務。」

「我們的服務不是謀殺港工。」

「什麼謀殺？港工壞了回收不就好了。我現在是照唐部長的指示服務大眾，增進公司產值。」

恬恬說得理所當然，事情不能再繼續下去。

「我要妳終止測試。」夏涼說。

「測試？」恬恬轉頭問：「什麼測試？」

「妳說讓他們離開下港只是要測試二十九號港工，我現在要你停止測試。」夏涼回答。

「妳說那個喔。」恬恬哈哈笑道：「不要傻了，我們觀眾才剛開始成長耶。而且唐部長批准企畫，我們現在已經正式上路，測試早就測完了。妳和我同組，應該幫忙我才對不是嗎？」

什麼？

夏涼一陣暈眩，趕緊將手往工作檯上撐。某個濕軟的東西無聲中被她的手掌壓成爛泥，暗紅色的內餡黏得她滿手都是，黑褐色的蛋糕糊成一團塗在工作檯上。夏涼趕緊抓起整把的除汙面紙，快速抹去桌上和身上的髒污。這是用來清潔機器零件的特殊面紙，除汙的效果遠超過一般的面紙，而且不會留下細小纖維。

恬恬皺眉說：「那是我幫妳買的黑森林。」

「辦公室守則有寫，工作檯上不准出現飲料和食物。」

「妳不會是因為那個港工跟我生氣吧？」

「我會買新的還妳。」夏涼說：「我去洗個手。」

沒錯，她的外套袖口也沾到了巧克力和櫻桃餡，連除汙面紙也莫可奈何，得用上清潔劑才行。夏涼搶在恬恬發出聲音前衝出辦公室，心煩意亂的她在走廊上快步疾走，走進逃生梯一路向下。那些幽靈般的路人推擠著她，夏涼得使出全力才能走出一條路。得快點清乾淨，必須要有所應對才行。

事情不能這樣下去，那個可怕的恬恬正在玷汙一切。在她眼中，除了直播秀之外，任何事情都可以犧牲。威脅、利誘、操弄，從她出現的第一天起沒有一日安寧。必須報告部長，夏涼要阻止她，濫用與破壞公司資產，沒錯，就是這一條。她記得公司有檢舉通報系統，就在手機裡只要唐部長——

在樓梯間抽菸，唐部長冷淡的目光向上，將慌亂的夏涼給震懾住。

「夏涼？怎麼了？這時間沒值班，跑到這裡來做什麼？」唐部長沒像往常一樣嚴肅，問話的口氣輕鬆不少。現在大概是她的休息時間，夏涼偷偷在心裡快速數到十才開口說話。

「部長好，我有事要向妳報告。」

唐部長端詳夏涼一會兒，又吸了一口菸。「先等等，讓我休息一下。」

她的口氣不容質疑，夏涼頓時有些困窘。唐部長會抽菸的事算不上祕密，只是在她抽菸時直接走到面前打擾她休息的人，永續能源公司史上很可能只有夏涼一個。

好不容易一截菸灰落下，唐部長抬頭直視夏涼。

「又是那些港工嗎？」她說：「這次直播表現愈來愈進步，妳和恬恬做得不錯。點數獎勵應該很快就會登記上去，記得去檢查帳戶。我沒記錯的話，妳應該很需要才對。」

夏涼不知道該說什麼才好。唐部長對她嶄露微笑，和當年帶她進入永續能源時的笑容完全相同。

「妳們這次合作我很看好。和公司當初幫港工開發人格模擬一樣，同一件事能有不同的觀點和處理方式，才能應變不同的突發狀況。妳和恬恬很不一樣，如果能合作，想必可以做出好成績。」

「是的，部長。」夏涼應道，忍不住又接了下半句。「可是我記得部長反對人格模擬。」

唐部長嘖嘖兩聲。

「不要太沉迷和機器人互動，妳和它們愈來愈像了，什麼都記得一清二楚。照我來看，機器人把我們變得太貪心又太懶惰，想把所有的東西都交給他們代勞，結果我們的思維也變得單調不知變通。」

夏涼再遲鈍，也聽得出來唐部長意在言外。唐部長揮揮手把飄在眼前的煙霧驅散。

「保持下去，其他部門的人也都在看。歷史是勝利者寫的，這句話聽過嗎？」

「聽過。」唐部長問話，夏涼只能點頭應是。

「聽過就在這裡待一下，心情平復了再回去辦公室。」

「是的，部長。」

「順便告訴恬恬，我已經通知新媒體事業部，要他們申請頻寬增幅。過兩天許可下來，她的直播秀播出會更順暢，能讓更多觀眾加入。」唐部長走上前輕輕摟了夏涼的肩膀一下。「別愁眉苦臉，我認識的小涼是不怕挑戰的好女孩，那些港工還需要妳。真奇怪，妳是我教過最好的學生，我怎樣就是想不通為什麼妳進展最慢。」

「我會繼續努力。」

「知道就好，我很期待妳們的成果。」

唐部長離開時，笑容已經消失了，想必正摩拳擦掌，準備轉向下一個需要訓誡的對象。夏涼想起自己骯髒的袖口，要傷腦筋的事又更多了。

＊

列車車速漸漸放慢，緩緩進入車站。車站上方的吊臂感應到火車進站之後開始運作，將車頭後的貨櫃拆下下來。三個銅鐵仔跳下火車，生銅不發一語向前疾行，不顧危險快步走過錯綜複雜的鐵路，安哥與跛腳從後頭追上。

「等一下。」

生銅甩開安哥的手，繼續向前走。

「你他媽給我等一下！」氣憤的安哥快跑追上生銅，生銅回頭就是一拳，拳頭正中安哥臉頰。安哥先是一楞，接著怒氣接手控管，和生銅扭打成一團。

「好了、好了，你們兩個不要打了。」跛腳趕上兩人，手忙腳亂試圖勸架。只是兩個處理器給憤怒霸佔的港工，根本接受不了新資訊，聽不進勸阻。四周不斷有火車駛過，發出引擎聲蓋過兩人的爭吵。

「好了，不要打了！是不是我也要死給你們看，你們兩個才會住手？」跛腳沒有其他選擇，只能硬擠進兩人之間，用身體隔開兩架暴走的機器。這一招奏效了，有跛腳當肉墊，生銅與安哥終於慢慢停手分開。

「你的肚子裡裝了什麼？你肚子裡裝什麼說清楚！」生銅吼道。

「沒有你的事。」安哥往後退，冷冷回了一句。

「既然這樣，那好。」生銅推開跛腳，起身往車站大步前進。

「你想去哪裡？你他媽現在想去哪裡？」安哥立刻追上生銅。

「我要回去。」

「你不准回去！」

「我想去哪裡用不著你管。」

「幹你祖嬷現在回去，那七逃仔算什麼？」

生銅停下腳步，語帶怨恨轉身說：「我一開始就不應該來，我會回下港，去維修站報到。」

「不准。」

「我不用你批准。」

「我說不准你沒聽到嗎？」安哥撲上前去抓住生銅。生銅沒掙脫，只是怒目瞪視安哥咆哮。

「我說不准，我不准你半途放棄！」

「不然你想怎樣？和七逃仔一樣，為我的春夢去死嗎？」生銅聲音隱隱顫抖，七逃仔的名字在他腦中引起一陣錯亂的訊號。

「沒錯！我就是要這樣做，在你見到那個女人，證明你愛她之前不准回去！」

「為什麼？為什麼你突然又這麼堅持？甚至連命都不要了？」

「因為你可以證明你不一樣！你聽懂嗎？你可以證明你不一樣，證明給那些垃圾看，證明我們不是撿垃圾的機器，我們、我們是銅鐵仔，我們、我們……」發狂的安哥聲淚俱下，抓著生銅的領口大哭。局勢急轉直下，錯愕的生銅僵立在原地不知所措。

「你有機會你知道嗎？你有一個目標，那個女人就在大都市等你，七逃仔幫你幫到連命都不要了你還不懂嗎？你可以證明自己和那些腦袋故障的廢鐵不一樣，證明我們銅鐵仔可以不一樣！」

面對安哥的告白，生銅除了發呆之外什麼也做不了。這就是他的心聲嗎？為什麼他們從來沒見過這一面？跛腳走上前拉開安哥的手，拍拍生銅的肩膀。

「好了、好了，大家都是兄弟，有事講清楚就好了，動手動腳做什麼？」

跛腳拉著兩人躲開疾馳而過的火車，離開錯縱來回的鐵軌。安哥的啜泣聲隱隱約約，他們搖搖擺擺的腳步踩在碎石地上，聽在傷心的銅鐵仔耳中像踩在碎玻璃上一樣，逼剝響好不刺耳。這時通常都有個愛開玩笑的聲音，嘲笑他們的拖沓的腳步。

車站監視器的鏡頭映出三人離開的身影。

十、詩句和直播

生銅、跛腳、安哥三人圍坐在火堆旁，兩個剛幹完架的銅鐵仔神情落寞，只有強裝一切正常的跛腳忙進忙出，整理裝備和工具。七逃仔突然出事讓他們損失慘重，特別是電池，少掉七逃仔背在背上那一份，時間會成為他們最可怕的敵人。

「好了，大家先坐下來，好好休息一下再說。」跛腳坐下來，拍拍大腿看看生銅又看看安哥，嘆了口氣。「七逃仔要是看到你們兩個因為他吵成這樣，不難過到死才怪。」

生銅和安哥各自望向不同的方向，跳動的火焰橫亙在兩人之間。

「我也不是不了解你們的心情，只是你們兩個不肯體諒對方，那你們也找不到人可以體諒了。」

安哥和生銅垂下視線。

「生銅你想看看，你腦子出問題的時候，是誰一直在幫你找方法解決？是誰冒著被送進維修站的危險，幫你安排這一趟？」跛腳暫停片刻讓生銅思索，然後轉向安哥。「安哥，我們都幾年的老兄弟了？你還有帶過比生銅聽話的新人嗎？在那些阿薩布魯、不受教的銅鐵仔裡面，我們等了多久才等到生銅一個？」

跛腳話說得情真意切，安哥忍不住嘆了口氣。

「我沒要七逃仔犧牲。」

生銅說話的聲音小到幾乎聽不見。「我知道。」

「你也知道他，他不是第一名的銅鐵仔，但絕對是第一名的兄弟。」

「我知道。」

「我承認我有私心，但你可以做給其他人看。銅鐵仔也可以變成活人，和那些活人一樣生活在大都市裡，可以做自己想做的事。」安哥說。跛腳偷偷觀察生銅的反應，年輕的銅鐵仔沒有回答，只是遙望黑暗的天空。看來要腦袋生鏽的銅鐵仔打開心房，還得花上不少功夫。應該換個話題，換個可以讓兩個人暫時忘掉七逃仔，想一些好事的話題。

「你那些詩還有沒有來給你開示什麼？」跛腳問。

「我有想到幾句。」

「念來聽聽。」

生銅沉默不語。

「唸看看吧，當服務我這個聽眾。」

生銅嘆了口氣，思索半晌後說：「所以當你踩著回憶回來，任由日光收拾影子，沉浸在微熱的池中，帶著夢一般的微笑說著夢一般的故事。」

三人陷入沉默，處理器從感官系統接收到訊號，卻沒有辦法解讀。

「這句是什麼意思？」安哥問道。

生銅搖搖頭。「我不知道，我只是唸出來而已。」

「聽起來好像是誰回家了。」跛腳說出想法。

「應該是這個意思沒錯。」生銅說。

「你也幫我們兩個想一句好不好？我覺得聽起來還不錯，哪天我們分開，至少還有東西值得懷念。」跛腳半開玩笑接了話。

「我不想和你們分開。」

「你這就孩子話，就算是銅鐵仔也有可能重新分組，認識新的組員。你要去找你心愛的，變成活人了，留給我這個銅鐵仔一句話有什麼不好？」跛腳說。

「我會盡量試試看。」生銅回答。

「這句才是我愛聽的。」跛腳拍拍生銅的肩膀替他打氣。

「我們明天要往哪裡去？」安哥問。

「我們已經到轉運站，從這邊再到東門就很近了。我查到東門有一條路不會有檢查哨，我們可以從那條路進大都市。」跛腳說：「我估計走到東門要兩天，進去之後要找人可能要留個三天。」

「那總共要五天。我們身上一人還有兩顆電池，一顆可以撐三天，時間會很緊。」安哥皺起眉頭。

「我們可以在轉運站找找有什麼東西可以用。」跛腳也無可奈何。

「安哥，你的工具為什麼比我們的大包這麼多？」

生銅問這句話的口氣怪怪的，如果不是跛腳太了解生銅，會以為他懷疑安哥用心不單純。

「我有自己多帶備用。」安哥說。

「工具多帶也好，誰知道什麼時候會派上用場。只是時間緊迫，我們得盡快找到那個女人。生銅仔，你要是有作夢，記得把夢裡聽到的事全部記下來。」跛腳幫忙打圓場，這兩個衝突好不容易緩和，要是再戰起來就糟了。

「我不知道，她很少在夢裡跟我講話。」生銅說。

「有多少算多少。要是我們任務失敗倒在路邊，會給七逃仔笑死。」安哥凝重地說。

「我們不會讓他失望。今天大家累了，先休息吧。」趁著氣氛正好，跛腳亮出最後一句，為這場哀傷的會議畫下句點。生銅和安哥視線短暫交接，又各自別開，裝忙整理起自己的鋪位。這一切跛腳都看在眼裡，不過他沒說什麼，這兩個銅鐵仔處理器沒壞，進入休眠冷靜一夜就會知道他們是彼此的支柱。跛腳並不介意多擔點責任，只要這兩個好兄弟能順利完成任務就好。

跛腳打了個哈欠，修正程式提醒他機體已經疲勞，應該進入休眠。他向來不會忽略這種警訊，閉上眼睛讓綠光充盈眼前。雖然很清楚資料就在那裡頭，跛腳還是每夜反覆確認，才能放心入睡。這不算什麼值得誇耀的習慣，不過跛腳有自己的堅持。

他沒注意到各自回到鋪位後，安哥睜大眼睛看著天空，隔好一陣子才入睡。也沒注意到夜深時，熟睡的生銅眼皮底下泛出綠光，年輕的銅鐵仔睜開眼睛時，同樣眼泛綠光的涼夏坐在他身邊。

「我不知道妳的眼睛是綠色。」迷惘的生銅看著她的眼睛說。涼夏眨眨眼，綠光隨之消失。她伸手撥了兩下生銅的頭髮，輕柔滿是憐愛。

「妳知道七逃仔死了嗎？我以前從來沒看過人死掉的樣子，七逃仔他、他就這麼去了……」涼夏靠向生銅的胸口，將耳朵貼在他的胸膛上。生銅先是怕得張開雙臂，等了好一陣子才小心抱住涼夏。他怕一用力，涼夏便會像泡沫一樣消失。

「要是沒有妳，我真的不知道該怎麼辦才好。安哥和跛腳幫我很多忙，可是有些事情我不敢告訴他們。」

涼夏離開生銅，歪著頭看著他。

「我不是故意的，其實我也很害怕。如果妳不是真的我該怎麼辦？要是他們拋下一切幫我找到妳，可是妳根本不愛我該怎麼辦？我只是一個銅鐵仔，會不會我根本看錯妳真正的意思？」

涼夏伸出手指壓住生銅的嘴唇。生銅睜大眼睛，乖乖閉上嘴巴。她重新抱緊生銅，生銅輕撫著她的肩膀，眼睛看著營火。

「我希望只是我自己嚇自己，一定是妳也對我有什麼感覺，才會一直回到我夢裡。七逃仔不是為了白日夢犧牲，我們這一趟路是有意義的。」生銅抱緊涼夏，緊得超出他預期。「我沒說錯吧？涼夏？我是妳深愛的生銅對不對？」

涼夏還是沒有回答，僅僅低下頭在他脖子印上深深一吻。生銅閉眼領受這一吻，溫控配備像發了瘋似的快速運轉，好消化這一吻的熱度，火熱的刺痛從後頸一路向著腦海深處延伸。

「我會去找妳，不管妳身在都市還是海底，我都會去找妳。等我一下，只要一下就好。」

依然躺在鋪位上的生銅睜開眼睛，眼前只有一片黑。安哥說活人可以做自己想做的事，生銅此時此刻唯一想做的只有一件事。

*

生銅永遠不會知道正當他為情所苦時，恬恬坐在辦公桌前，神情興奮對著麥克風說話，面前的螢幕反覆播送生銅在轉運站外和安哥扭打的畫面。無數的觀眾留言不斷累積，在她的電腦螢幕上堆出一片燦爛景象。

「非常謝謝各位熱情參與！今天是值得紀念的里程碑，在我們男女主角甜言蜜語的時候，我們的在線觀賞人數已經突破十萬！非常感謝各位的支持！」恬恬大聲宣布，同時迎來另一波的彩虹風暴。「真的非常、非常謝謝各位！現在我們的投票結果也快要出來，請各位繼續鎖定我們線上直播，把握時間投下你神聖的一票。現在，先讓恬恬休息，等一下為各位公布投票結果！」

直播畫面暫停，恬恬舉高雙手，雙腳一踢，將自己踢離辦公桌，辦公椅的輪軸發出吵鬧的滾動聲。

「沒有比今天更完美的一天了。」

耳裡聽著恬恬志得意滿的宣告，夏涼盯著自己的電腦緘默不語，繼續處理圖表和文件。

「唉唷，我幫妳買的茶妳都沒喝耶！怎麼了嗎？妳換口味了？」恬恬不知道什麼時候走到她身邊，臉上還掛著挑釁的笑臉。

「晚上攝取咖啡因，睡眠品質會變不好。」夏涼說。

「妳不是上夜班嗎？」

「上夜班也是要睡覺。」

恬恬往後退，意味深長地看著夏涼。「妳該不會是在吃醋吧？」

「我吃醋做什麼？」夏涼反問。

「妳知道我說什麼。和以前妳做的挖礦紀錄片比起來，現在我們直播秀這麼成功，妳會覺得心理不平衡也很正常。」

「直播影片不是我的工作，是唐部長交代的任務。」夏涼說。

「真的嗎？妳一點都沒有感覺？我們公司現在的收視率是之前的十倍，樓下有一整組的人馬幫我們做技術支援。妳敢說這些妳都不在乎？」恬恬還沒放棄激怒她。「妳就大方承認吧！我跟妳說，要是妳承認，等到我們收視人數破百萬的時候，我就做一個線上專業訪談，到時候妳來當我們的特別來賓。我們的標題會這樣放——二十九號港工的設計師與祕密愛人。」

「我不是什麼祕密愛人，我只是一個機訓師。」

「不然妳想要我下什麼標題？大都市裡的宅女公主？」

「我只想知道，要是妳的觀眾知道節目裡的愛情全是設計出來的，到時候妳要怎麼繼續做下去？」

「妳怎麼會這樣說？二十九號港工是真心愛上妳呀！我只是稍微幫他一把，讓他的追愛之旅更有爆點而已。」恬恬臉上依然帶著笑，手抱在胸前等她回擊。夏涼不打算讓恬恬得逞，一旦被激起怒火就輸了。

「愛怎麼搞隨便妳，不要來煩我就對了。」

「我就說妳吃醋還不信。」

沒了對手的恬恬走回自己的座位，啟動程式繼續直播。

「嗨！各位，我回來了。我們現在廢話不多說，快點來看投票結果——哇！看起來大家很期待我們的無人機追捕秀，得票率超過百分之七十耶！恬恬小編現在馬上為各位發 mail 給唐部長，拜託她讓我們好好玩一場，然後我們就要抽出幸運觀眾，可以拿到我們下一次……」

直播繼續進行，夏涼始終專心盯著自己的螢幕。

十一、河

映入眼簾的是一條遼闊的垃圾河，沿著渠道緩緩流出大都市，往市郊的回收工廠前進。夕陽下生銅三人腳步停在河邊，看著河流有些不知所措。他們眼中的地圖顯示目的地已經抵達，只是另一隻眼睛看見的景象卻令他們滿懷疑問，懷疑起所見所聞。眼前這條大到能淹死人的髒水溝，和他們想像中的康莊大道完全搭不上邊。

「幹，這個臭屎味，死人都被嚇醒了。」安哥一句話說出三人的心聲。

「沒人檢查的路比較難走一點。」跛腳偷看生銅，生銅不想讓他難過。只是這條路要怎麼走？要是掉進水裡他們就完了。

「我們要踩著這些垃圾往上走，通過翡翠閘門就可以進地底下的大水溝，再從大水溝進到大都市。」跛腳解釋計畫細節。「這條路不會有監視器，也沒有警工會巡邏。」

「這條爛泥路實在爛得徹底。」安哥還是很不爽。

「誰叫我們是銅鐵仔，就算是歹路也得給它走。我把地圖傳給你們，等一下往我標好的地方走就對了。」

「謝謝。」生銅掙扎著說出這一句。跛腳的顧慮有道理，他們逃跑的事公司總部應該已經知道了，除了這條骯髒的路徑之外，其他受到監控的道路都不會為他們開放。要見涼夏，辛苦代價自然不會少。

「往這邊。」

跛腳帶兩人沿著河岸向前，方向直指一座巨大的水泥閘門，骯髒、濃稠的河水就是從裡頭湧出。

「我們得從這邊爬進去。」

「走吧！」生銅腳步往前跨。

「我走第一。」安哥伸手將他擋在身後，自己率先伸腳下去試探。確定不會散掉之後，小心放低身體，雙手雙腳趴在漂浮的垃圾團塊上。垃圾團塊略略下沉，但勉強還撐得住，安哥等身體穩定，才伸長手腳往下一個團塊前進。

確定安全後，安哥回頭揮手。

生銅接著趴上漂浮的垃圾，跛腳緊跟在後。三人點亮頭燈依序往前爬，緩緩進入隧道，眼中綠光閃動，靠著眼中的地圖前進。黑暗的隧道中不時有奇怪的聲響迴盪，令人神經緊繃。

「安哥？」

不知從何時開始，另外兩盞頭燈的光在生銅視野裡消失。生銅迷失方向，地圖上盤算好的路線，早已被崩垮的垃圾團塊打散，變成一團亂七八糟的綠色毛線。生銅想暫停重新規劃路線好找出同伴的行蹤，可是一停下腳步，垃圾河又將他往回推。生銅只好繼續向前爬，慌張地想追上前方的光線。他的雙眼迅速分析出光點不是其他人的頭燈，也不是他頭上燈光的倒影。那裡可能是安全的地方，沒有選擇的生銅只能奮力前進。

混亂的計算終於有了結果，跛腳的路標出現在前方，他得繼續往前，等他抵達目標才有餘力回頭幫助其他兄弟。生銅手邊的垃圾團塊愈來愈脆弱，能攀附的地方愈來愈少。他的手腳一直沾到髒水，不至於癱瘓他的行動，只是腦子裡警報聲嗶嗶直響。前方的視野隨著光點漸漸變大，出口就在眼前。

「安哥！跛腳！」興奮的生銅回頭呼喚同伴，隧道外是大都市的夜景，高塔般的房子透出燈光，往上望彷彿星空一般。

在這片光景中，大排水溝的水泥牆裂縫裡，一點潔白吸引他的視線。彷彿魔咒般的吸引力，讓生銅挺起身體越過垃圾團塊，跳上排水溝邊緣的維修步道。他趴在牆上緩緩前進，踩著狹窄的步道前進。這朵花好美，攀附著龜裂的水泥牆而生，比起垃圾浮島上的花朵，裂縫邊緣的花兒更小，但是更白更嬌弱。看得入迷的生銅伸出手，牆縫裡卻突然殺出另一隻手臂，搶在他之前摘下白花消失。

生銅腦袋霎時恢復清醒。

「生銅仔，這邊！」

生銅急急回頭，跛腳在不遠處的閘門前揮手。安哥攀著垃圾團塊划水，眼看就要爬上岸。

「安——」生銅還來不及出聲警告，天上詭異的呼嚕聲已經逼近，滿天白色的光點，點點都是無人機冰冷無情的鏡頭。

「發現逃亡港工，發現逃亡港工，代號二十九號行動，集結點翡翠閘門排水道、翡翠閘門排水——」

「安哥！」

生銅大聲吼道，不消他吩咐，安哥跳上岸把呆立在閘門前的跛腳拉下階梯。無人機上射出一張大網，以些微之差錯過跛腳的腦袋。

「這邊！快過來！」

滾下階梯的安哥推著跛腳身體貼牆，兩人四肢並用攀上維修步道，拚了命往生銅的方向跑，後方無人機重整陣形持續進逼。

第二張網子射出，正中落後的安哥。安哥滾落垃圾河中，四腳朝天躺在垃圾團塊上，手腳被網子緊緊纏住。生銅接住踉蹌的跛腳，將人往身後的牆縫拋，一雙腳在來得及思考、分析之前便向著落難的兄弟飛奔。

「別過來！」安哥的怒吼令生銅煞住腳步，無人機迅速逼近。安哥拉開衣服的拉鍊，打開肚子的夾層。無法動彈的生銅看著網中的安哥對他眨眼，眼中泛出一道綠光，同樣的光芒隨之蓋住生銅的視線。說時遲，那時快，汽油和炸藥炸出濃煙和高溫打亂無人機的隊形，吞沒安哥。錯愕的生銅回到現實，眼前是團紅焰黑霧，張牙舞爪向上飛升。

「快走。」跛腳在發抖，伸手抓住生銅的手臂，將他拉進水泥牆的裂縫裡。腦中一片混亂，大量資訊、警報幾乎要讓生銅的處理器超載，癱瘓當機。爆炸和煙霧沖散了無人機的隊形，遭受波及的城市警鈴聲震天響，熊熊火勢在大排水溝蔓延。

生銅跟在神色慌亂的跛腳後，向著前方快步走，直到擠過牆縫，踏進另一條隧道。隧道上方吊掛著光線微弱的老舊燈泡，令人反胃濃厚濕氣撲鼻而來。兩人雙手不經意碰觸灰褐色的水泥牆，手掌下的牆面立刻崩落，散成灰泥粉塵。

「慘了，這裡是哪裡？」跛腳眼中的綠光忽明忽暗，怕得雙手不停抽搐扭動。「事情怎麼會這樣？怎麼會這樣？要快點、快點走，誰知道他們什麼時候會、會追過來。可是要去哪裡？這裡是哪裡？」

「有辦法查嗎？」生銅抓住他的手腕說：「一定有辦法查，跛腳你冷靜一點。」

「查？對、對，可以查。這裡、這裡、你等。」跛腳眼中綠光漸穩，強迫瀕臨超載的處理器壓下瘋狂的警訊，將事件先後緩急釐清，連上資料庫搜尋可用資訊。

「地圖上說這裡是一條沒有出路的舊管路，我們要趕快離開。」他給出答案。突然隧道盡頭傳出聲響，注意到異狀的生銅舉手要跛腳安靜，往前讓頭燈照亮前方。

燈光盡處蹲著一個和他們一樣，身穿連身工作服的銅鐵仔，頭髮手腳髒亂不堪。他的手上抓著一朵白花，眼睛因為光線瞇了起來。

「是一個銅鐵仔。」生銅說。

「他想做什麼？」跛腳立刻問道。

「我不知道……」生銅往前走，小心壓低姿態。「有人在追我們，我們和你一樣是銅鐵仔，你可以幫忙嗎？」

骯髒的銅鐵仔眨眨眼往後退，生銅把語調放得更輕。

「我們不會對你怎樣，只是想找出路，還有可以躲的地方。」

骯髒的銅鐵仔迅速跑開。

「不對呀，那邊地圖上沒有路，他想去哪裡？」

跛腳的疑問立刻得到回應。骯髒的銅鐵仔回頭，揮手示意兩人跟上。生銅和跛腳對視一眼，有了決定。

「走。」

他們跟著骯髒的銅鐵仔跑進下水道深處。

*

阿白坐在螢幕前，似乎能透過螢幕感應到席捲下水道的熱。爆炸聲轟得他耳裡充滿了嗡嗡聲，最不真實的是氣密窗外居然提前幾秒射出紅光，然後才有螢幕上的火焰和爆炸。像打雷一樣，你會先看到電光，然後才有雷聲。那聲音震撼人心，震得他心臟都快停了。

留言區不斷竄出觀眾留言，抱怨港工怎麼可以自殺，毀壞社會生產工具；所有人都努力建造新社會，港工居然違反設定逃出管制區，破壞公共設施，應當予以譴責；設計這一切的工程師有病。

工程師。

他手在抖，夏涼現在一定非常難過。

「爸爸！」小石頭兩隻眼睛閃閃發亮，壞預兆。

「小石頭，不可以。」

「爸爸，不好，爸爸！」

「爸爸沒事，只是媽媽在上班，我們不能吵她。」阿白安撫牠說：「不要緊張，會沒事的。」

阿白放下手機深呼吸給牠看，擺出健康的姿態解除小石頭的戒心。不能讓牠通知夏涼，夏涼要操心的事夠多了。他靜坐好一陣子，等確認撐得住之後才慢慢從軟墊上爬起來。小石頭在他身邊跳著繞圈圈，觀察阿白的生命跡象，牆上的螢幕變成一片黑，只秀出一排訊號源重整中的字樣。

訊號重整，沒錯，是該好好整理一下。阿白深呼吸，絞盡腦汁思考。

十二、直播失控

眼睜睜看著眼前的螢幕陷入火海，無人機因濃煙互相追撞墜毀，周邊的住宅遭爆炸波及延燒。觀眾留言和貼圖不斷湧入，恬恬迅速打字，臉上掩不住狂喜。

必須停止。

「恬恬？」

「不要吵我！我現在火力全開，畫面正精彩！」

夏涼走到自己的電腦前，強制關閉直播程式。她的手在發抖，直播畫面消失，恬恬失聲尖叫。

「妳發什麼瘋呀！」

「去通報消防隊。」夏涼站在自己的電腦前，她還有掌控權，這個狹窄的部門還是由她主導。

「通報——」

「快去通報！」夏涼發怒大吼，嚇得恬恬奔向電話，手忙腳亂撥號。

少了拖油瓶搗亂，夏涼視線轉回螢幕上，開始處理危機。強迫觀眾退出，留言區湧入大量憤怒錯愕的聲音。沒關係，讓他們去亂，嗜血的群眾不是立即性的危險。她發出的指令讓混亂的無人機重整隊形，開始發出廣播警告，監控火勢蔓延的情形並回報給消防隊。大排水溝閘門關閉，將著火的垃圾控制在同一區域。

恬恬通報的同時，夏涼迅速控制局面。她聽得出恬恬的口氣隱藏著火藥味，等事情告一段落，辦公室裡還有一場仗要打。

「妳想搶我的節目嗎？」果不其然，一放下話筒，像頭母獅子般張牙舞爪的恬恬立刻逼上前來。

「火勢控制住，無人機順利回返，消防隊也趕過去了。」夏涼冷冷地說。

「那我的節目怎麼辦？」

「妳只關心這個？妳的節目？」氣憤的夏涼對著恬恬大罵。「為了做節目，把整條排水道都燒掉也無所謂嗎？」

「我的觀眾數往上飆，大家都喜歡！」

「妳這自私、幼稚——」

夏涼正要反擊，頭上的通訊螢幕搶先發出光芒，螢幕中的唐部長現身。

「是誰幹的好事？」

「部長——」

「把直播關掉了？」

夏涼愣住了。唐部長在說什麼？

「點閱數直線向上衝的關鍵時刻，夏涼，是妳把直播給關掉嗎？」

「我以為……」夏涼原先準備好的話突然一句都派不上用場。

「妳以為什麼？我們怎麼失去大好宣傳機會嗎？」

「我只是想將情況控制住。」

螢幕裡的唐部長坐在辦公桌前的姿態像個女王，冷眼鄙視鏡頭另一邊的員工。

「我上次說那麼多，看來妳是一點都沒有聽進去。做節目到現在，妳以為觀眾要的是掌控好一切細節的展示嗎？不對，它們要的是失控的節目，在我們的操弄中呈現到螢幕上。」

「我控制住了火災，也讓無人機的損失降低。」夏涼替自己辯護。

「那請問直播秀的損失誰來控制？」唐部長問：「港工是工具，我們設計出來，為公司營利的機械。同樣的道理，觀眾也是。正確使用工具，才能發揮最大效能，這個道理還要我教妳嗎？」

唐部長嘆了一口氣，似乎真的很失望，而不是演戲。

「我希望一百點可以讓妳記住教訓，下次不要再犯這種低級的錯誤。」

唐部長說話的同時，夏涼桌上的手機即時反應。

「警備隊的金大隊長我認識，我會和她聯絡。社群媒體那邊會有公關部負責，看能減輕多少傷害。觀眾人數突破高峰，是我們和媒體部合作以來收益最好的一次。他們的要求我原本不想理會，但現在看來，我不得不承認把主導權給恬恬，讓妳掛名技術指導會是更好的選擇。」

「是的，部長。」

「繼續直播，看能救多少是多少。」

唐部長消失。無奈的夏涼在恬恬的逼視下彎腰解除限制，直播畫面再次出現。她嘴裡輕輕哼著歌，走回電腦前繼續主持，觀眾五花八門的留言湧入。夏涼回到位子上，腦子裡想的是剛才葬身火海的港工，想著要是一把火全都燒了該有多好。

＊

跟著骯髒的銅鐵仔穿越下水道，像老鼠一樣鑽過城市底下的巨大廢棄空間，生銅和跛腳保持警覺。骯髒的銅鐵仔歪著身體在前面帶路，始終不發一語，只有偶爾回頭揮手要兩人跟上。滿懷心事的生銅腳步走走停停，引起跛腳注意。

「生銅仔？你怎麼了？」他問：「這邊都是髒水，小心一點，掉進去把線路弄壞就死定了。」

「好，我會注意。」

兩人身體貼在牆上，小心繞過滿是糞水的排水溝。跛腳趁隙壓低聲音和生銅交談，仔細觀察他的反應。

「你看那個銅鐵仔的腳，一定是泡太多水才會歪掉。」

「他看起來過得很辛苦。」生銅說。

「很辛苦？他那個樣子一看就知道是沒工作的銅鐵仔，才會在這裡亂晃。」

「有不工作的銅鐵仔？」

「我也只是聽說。」

該怎麼說呢？沒工作的銅鐵仔和變成活人的銅鐵仔，跛腳也說不清是哪個更加匪夷所思。任何分析程式都會告訴他這兩種銅鐵仔不存在，只是短短幾天內卻全部給他見識了，跛腳對萬事萬物的判斷不再像以前那麼肯定。生銅沒有回他的話，只是加緊腳步跟上前去。骯髒的銅鐵仔又走進一個彎道，拐進去前不忘招手要生銅和跛腳跟上。

走到通道盡頭爬上一列階梯，眼前意外是個平坦的水泥平台。生銅和跛腳目瞪口呆，看著四周遭人遺棄的遺跡。上頭的電線吊著不停閃爍的燈管，做工粗糙的線路圍繞著水泥平台，混亂的舊物堆了好幾列，再來點海水造景就和港口外的垃圾島一模一樣。

「你看看他在做什麼？」跛腳指著骯髒的銅鐵仔，他蹲在地上，把手上的白花放在屍體上。

「那是什麼？」生銅問，跛腳沒有回答，他們其實都知道那是什麼。骯髒的銅鐵仔身後是三個和他同制服的機體，身上放滿了枯萎的花朵。任何一個銅鐵仔都不會看錯另一個同伴失去功能，遭人棄置在地的模樣。

「他拿花給其他銅鐵仔？」生銅彎腰走到骯髒的銅鐵仔身邊。「這些是你的組員嗎？」

骯髒的銅鐵仔點點頭。

「你在這裡多久了？」

骯髒的銅鐵仔搖搖頭，聳聳肩。

「你不知道？還是你不能說？」

骯髒的銅鐵仔張開嘴巴，裡頭空蕩蕩的沒有任何器官。

「我知道了，你沒有裝說話的東西。」

骯髒的銅鐵仔搖搖頭，指著嘴巴示意他們看仔細。生銅取下頭燈，照亮他嘴巴湊上前細看。

「有人幫你把斷裂的電線修齊、束好。」生銅說：「是你的組員嗎？」

骯髒的銅鐵仔點點頭，他看了身後的屍體一眼，難過地跪坐在地上，兩眼望著新鮮的白花發呆。

生銅和對方溝通時跛腳也沒閒著，和混亂的爆炸現場比起來，這裡的訊號相對穩定，一下子就連上資料庫，找到下水道的地圖。如果跛腳沒猜錯，他們很接近市中心了。

「這裡可能是蓋到一半放棄的工地。他們這組可能沒收到撤退的指令，所以才會一直待在這裡不知道要做什麼。」跛腳告訴生銅。生銅就著上方垂掛下來的舊工程燈環顧四周，不少工具和零件散落一地，當然垃圾和沙塵也少不了。

「不知道他一個在這裡過了多久。」

「我也不知道，不過他看起來沒惡意。」跛腳說：「我們可以先休息一下，再想想怎麼到上面去。」

他彎腰清出空地，轉身想叫生銅過來坐下。只是說也奇怪，在他開口前，生銅已經坐到廢棄的銅鐵仔旁邊和他攀談。跛腳有些疑問，生銅要怎麼和不會說話的銅鐵仔溝通？不是他在抱怨，只是生銅愈來愈奇怪了。

算了，現在沒心情管他，他們的夥伴又少一個，接下來不能再出任何差錯。他連上資料庫，重畫新的下水道地圖。

十三、骯髒的銅鐵仔

生銅獨坐火堆旁，神情疲憊的安哥從黑暗中走回營地，身體一歪一屁股坐到生銅身邊。這是他們最後一次在野地露營，跛腳算準明天他們就能進入大都市，生銅心情緊張，安哥應該也發現了。

「睡不著？」

「我不敢睡。」生銅說。

「為什麼？」

「我怕睡了就不想醒。」

「頭殼壞掉才講這瘋話。」安哥冷哼一聲。

「你不也睡不著嗎？」

「我睡不著是去巡看看有沒有人追上來，可不是像你。而且睡不著的可不只我一個，跛腳也一樣。」

兩人視線不約而同瞥向躺在不遠處的跛腳，老前輩的眼皮縫中透出綠光，顯然就算進入休眠，還是設定了不少排程運作。

「老糊塗，以為閉著眼睛就沒人看到。」安哥笑道。

「他一定是整個晚上都在下載資料，怕我們走錯路。」

「怕走錯什麼路？走錯了回去下港，當出來郊遊不就好了。」

生銅看了安哥一眼，安哥臉上帶著苦笑。

「我不知道你看這麼開。」他說。

「不然還能怎樣？」

「抱歉，我之前還鬧脾氣說要回頭。」生銅衷心道歉。

「你只是捨不得七逃仔。」

想起七逃仔，沒他講笑話這一路變得安靜不少，寂寞不少。

「你還有想到你那個詩嗎？」安哥問。

「有。」生銅老實承認。

「說來聽聽。」

這倒是出乎意料，生銅深呼吸。「品嘗過鹽粒的滋味，獨立的巨木理應撐持藍天。」

安哥低吟半晌。「聽不懂。」

生銅苦笑。「我也一樣。」

「又來了，這真的是你寫的嗎？」

「我也搞不懂。我第一次寫這種東西，說不定本來就應該是這樣。」生銅聳聳肩。

「怎樣？一問三不知？」

「有可能，像你什麼都搞不清楚，還不是堅持要把我送來這裡。」生銅說：「我還沒說謝謝你。」

「要說堅持，你還沒試過跛腳那張嘴。」安哥搖搖頭說：「你去謝謝他就好。碎碎念、碎碎念，唸到後來連七逃仔也跟著唸。」

「難怪你火氣會這麼大。」

「我脾氣不好，設定就是這樣寫，想改也改不了。所以我才會生氣，氣我們這些銅鐵仔除了撿垃圾之外什麼都沒得做。氣我們這個身體壞光了，腦袋又會被送去回收站洗乾淨，換一個機體再來一次。」

「所以你才放汽油在肚子裡？」生銅小心翼翼地問，他並不是故意要窺探安哥的隱私。

「我想哪天我火氣夠大，剛好可以把整個下港炸個飛天鑽地。」

「你不是這種人。」

「所以我才會要你堅持下去，不要讓我變成那種人。」安哥說：「七逃仔說他很喜歡你唱的歌，還偷錄了一段傳給我。」

「你說我在路上亂唱那個？」

「沒錯。」

「我會丟臉死。」

「你該覺得丟臉的是之前裝沒事過日子。現在你已經出發，一定要找到那個涼夏。」

他非常堅決，甚至有可能比生銅還要認真。

「我一定會找到她。」生銅說。

「知道的話就去好好睡覺，剛換過電池，不要白白浪費掉。」

「你先去，我想再坐一下。」

安哥拍拍生銅的肩膀，回到鋪位躺下。生銅獨坐在火堆旁沉思，赤裸的涼夏坐在他面前，雙手抱膝看著他。

*

跛腳剛從休眠中醒來，各項程式慢慢啟動，過了一段時間才注意到骯髒的銅鐵仔人不知哪裡去了，水泥平台四周靜得怕人。這種寂靜還有四周的垃圾，跛腳感覺自己好像身陷亂葬崗。

他重新整理一下資料，比對線上資料庫確定全身安然無恙，才從休眠時陷進去的垃圾堆裡爬起來，左右張望尋找生銅的身影。他的同伴沒有走遠，正聚精會神窩在角落不知道忙什麼。跛腳鼓起勇氣，跨步繞過廢棄銅鐵仔的屍體。

是機體，不是屍體。他們只是和安哥、七逃仔一樣，失去了運作必要的零件和動力。

「你在做什麼？」跛腳問。

生銅側身拉出一條電線和插頭，還有後頭連結的笨重機器給他看。「你知道這是什麼嗎？」

「這是用瓦斯發電的充電機，只是怎麼會在這裡？還能用嗎？」

「應該可以。」生銅說：「我剛剛試了一下，還會動。」

「這下我知道了，那個骯髒的銅鐵仔是靠這台發電機，才自己一個撐到現在。」跛腳解開一個謎了。「我看看，這裡好像是財產編號。」

跛腳連上資料庫，加上之前下載的資料跑出結論。

「怎樣？」生銅問。

「資料庫說這些線以前是蓋下水道的時候，拉給臨時維修站用。有這個發電機和瓦斯管，做工程的銅鐵仔只要回來這裡，不用爬回市區也可以充電。」跛腳回答。

「工程蓋好之後，這裡就被忘記了？」

「這個嗎，看起來也不是所有人都忘記。」

兩人看了地上的機體，還有爬回平台的銅鐵仔一眼。骯髒的銅鐵仔放下一些垃圾，隨後又爬下平台，不知道要忙什麼去了。

「像這個樣子，就真的是癡情了。」跛腳搖搖頭。要說有什麼比躺在地上報廢的銅鐵仔更讓人難過，自然是整天漫無目的，沒有指令、沒有工作的銅鐵仔。

「要是有電可以充，這個銅鐵仔窩在這裡的時間又更久了。」生銅說：「久到其他的銅鐵仔生鏽到連電都沒辦法充。」

「如果大都市挖下水道的時候他們就在這裡了，要命喔，這幾個的輩分說不定比我還久哩。」

「你遇到大前輩了。」

「菜鳥仔不要太得意。」

「哈。」

看看生銅，居然也會開他玩笑，也會和安哥一樣把怒氣藏在眼裡。要是給另外兩個看到這一幕，不知道特色給人偷走的銅鐵仔，會不會罵生銅是個拷貝仔？

「先前叫七逃仔菜鳥仔他都會生氣，安哥也一樣。我們這一組，就只有你不怕被人喊菜。」跛腳說：「每個銅鐵仔的個性不一樣，像這一組寧願待在這裡生鏽，也不肯回去工作，要是我一定會發瘋。如果另外兩個還在這裡，不知道他們又會怎麼想？」

生銅看著空蕩蕩的平台發呆片刻才回答說：「你覺得剩下來那個銅鐵仔在幹什麼？」

「他可能想要把其他的銅鐵仔修好，所以才會到處找東西。你看看這些，都是零件。」跛腳撿起地上的零件，上頭裂了大縫。「用壞掉的零件修壞掉的銅鐵仔，也真虧他想得出來。」

「他眼睛不會變綠。」生銅說。

「那更慘，不能和資料庫連線，連要怎麼修都不知道。」

「不過他的確盡心盡力，這些銅鐵仔都走這麼久了，還這麼用心照顧這裡。」生銅望著滿地的花朵和零件說，跛腳用不了太多效能就推論出生銅在想什麼。
「不要失志。你看，我們本來還擔心之後沒電不知道要怎麼辦，現在有這一台，我們至少還能再多撐兩天。等一下你先充，我排你後面。」
生銅點點頭。「好。」
「不要再為安哥和七逃仔難過了，事情不是你的錯。他們都是自願的，你不要辜負他們才是真的。」
「我知道，我不會讓他們白死。」生銅抓起電線，蹲在發電機前摸索了一會之後順利啟動機器。機器發出隆隆運轉聲，冒出陣陣灰煙。
「要命喔，老傢伙不知道會不會起火。」跛腳皺起鼻子。
「將就著用，不要過熱應該沒事。」
「我們充電的時間要節制一下，不然這裡會爆炸的。」跛腳下判斷。
「你剛才是說寧願工作也不要待在這裡發瘋對吧？」生銅突然問道。
跛腳不懂為什麼會突然問到這個問題，不過依然如實回答。「就算回去下港挖垃圾，也好過困在這裡。」
「我自己是和安哥一樣，不喜歡挖垃圾啦！」生銅話中有話，跛腳卻找不出突破點。
「生銅仔，你怪怪的，怎麼了？」

「沒什麼，只是我想到要給你的詩了。」

「真的？你昨天夢到的？」

「對，你猜得真準，其他人都猜不到。」生銅的笑讓跛腳不安。

「只是我老經驗而已啦，念來聽聽。」

「看見銅色的石沉睡在溫柔中，在涼夏，另有一番滋味。」

跛腳得說這些詩完全沒有幫助。「什麼意思？」

「我想是有塊石頭不肯清醒的意思。」生銅解釋說。

「我是愈聽愈沒有了。」

生銅拍拍他的肩膀。「沒關係，我也是。」

「你不要想太多，多充這些電，我們可以再多撐幾天。」跛腳向前爬把剩下的電線拉出來理好。

「我們明天出發。」生銅接過電線，拉開大腿側邊的拉鍊，將插頭插進大腿的接頭上。跛腳窩到一旁等他充電，閉上眼睛開啟連線，休息時多讀資料做好準備準沒錯。

十四、背道而馳

等待會議開始時，夏涼想起來為什麼她每次都要遲到，因為等待太磨人了，等待時腦中無數翻湧的思緒宛若苦刑。她想起前兩天疲憊的她回到公寓，完成消毒程序走向廚房，才發現燈還亮著，阿白抱著小石頭坐在餐桌旁。

夏涼低下頭往前走，把手機和鑰匙放在餐桌上。很久以前，被家裡的老媽逮到做錯事的時候，她也有過這種手腳冰冷的感覺。

「今天的秀我有看。」

「是嗎？」她打開櫃子假裝要拿東西，想躲開這個話題。

「秀很好看。」

夏涼把罐頭從櫃子裡拿出來，重重放下。「我不知道你也會看這種節目。」

「因為是你們公司的節目，我想說應該會不一樣。永續能源很出名。」阿白拿起桌上的筆記本。「妳看，我還有作筆記，畫了一點東西。」

夏涼緊握住手上的罐頭，說話時聲音有些顫抖。「你看得這麼專心？」

正要翻開筆記本的阿白頓時僵住，又慢慢把筆記本放下。「我想說是妳做的節目，可以和妳一起討論……」

「討論什麼？」

「那些港工——」

「討論我怎麼弄死那些港工嗎？」

她說話不該這麼衝，阿白被嚇了一跳。

「我、我知道妳喜歡那些港工——」

「我喜歡那些港工？我怎麼會喜歡港工？」

「我是說，妳幫他們做手腳、寫程式——」

「所以我愛那些港工又怎樣，跟你一點關係都沒有！」

桌上的罐頭被碰倒了，突然間夏涼腦中血氣上湧，在她意識到之前已經發狂把櫃子裡的東西一股腦掃出來砸在地上。過程中她緊緊抿著嘴唇沒發出半點聲音，眼淚不爭氣地湧出。她不喜歡這時候在她身邊的是阿白，瘦弱敏感的阿白，體貼善良的阿白。為什麼他非要去看那個秀？為什麼崩潰時偏偏是他守在一旁？為什麼像他這樣的好人要忍受這一切？發洩過後，虛無迅速反撲，全身無力的夏涼雙手掩面，倚靠著她製造的混亂坐在地上。阿白彎腰幫她撿起滿地的雜物，像往常一樣分門別類排好，放回櫃子裡。小石頭小心翼翼接近，伸出前爪拍拍她的大腿。

好一陣子後，整理好廚房的阿白坐到她身邊，伸手拍小石頭的背。小石頭側身扭動，躺在地上換成肚皮朝天的姿勢。

「我不知道牠會這招。」

「我有很多時間教牠新把戲。」

「我應該多陪你，少一點時間在公司。」

「如果我能多幫你的忙，妳就可以少一點時間在公司。」

「我們沒有多少選擇。大家都在拚命往前跑，我們不能被趕過去。」

善良體貼的阿白，還有蹲在腳邊的小石頭。這些是她所珍惜，出社會以來好不容易爭取到的一點東西。

「我今天被扣了一百點。」

阿白伸出手抱住她的肩膀。「妳會賺回來。」

「我會賺回來。」

「不管妳的決定是什麼，我都會支持妳。」

「這麼相信我？」

「我們的時間不多，我只想要做對的事，妳說妳會賺回一百點還是一千點，我都會相信妳。」阿白說：「我什麼都沒有，只剩下信任可以給妳。我相信妳會做對的事，如果妳累了可以先靠在我身上，我們可以想想怎麼去雪山度假，以後會有幾個孩子在家裡爬上爬下。」

夏涼抬頭看著他的眼睛，不管防護做得多好，根植在他身體裡的病讓他原本豐厚的臥蠶變成陰影，向下拓出淚痕般的斑點。但是他的眼睛閃閃發光，夏涼會用生命去維護這道光彩。

「媽媽！」小石頭翻過身挨近兩人。

「你怎麼了嗎？哪裡受傷了？」夏涼問，心裡有些慶幸小石頭替她掩飾尷尬。她不喜歡在阿白面前示弱。

「爸爸？媽媽？」小石頭搖頭晃腦，像喝醉一樣顛顛倒倒站起來，像傻瓜一樣歪著頭喊夏涼。「媽媽？」

兩人各自別過頭竊笑，氣氛終於緩和下來。夏涼把小石頭招來身邊。「過來這裡，媽媽看看你是哪條電線不對勁——你幫我拿手機。」

阿白爬起來把桌上的手機遞給夏涼。夏涼左手抱著小石頭，右手接過手機，視線不經意瞥見阿白桌上的筆記本。他剛剛想說什麼？

「你剛剛說筆記本記怎麼了？」

「沒有啦，想了幾句歌詞而已。」

「用紙筆寫歌詞，你好像老人。」

「老太婆，這樣妳才會嫁給我呀。」

「鼻子過來。」

窗外陽光投下的陰影罩在他們身上。

小石頭和阿白好像就在眼前，想起他們夏涼可以假裝心情變好了，假裝又受到鼓舞，但事實上她知道這全是自欺欺人。他們沒有開心愉快的餘地，阿白只有她，夏涼也只有他。會議室的小隔間將夏涼封閉起來，發光的螢幕吸引她的視線。

如果不擇手段是唯一的路，是時候放手去做了。

會議即將開始的廣播響起。

夏涼心中有了決議。

「歡迎各位使用隔離會議室。專業防疫隔離設施，預防大型室內群聚感染疫病。本設施由永續能源公司採用永續材質回收再製，每個分子都是愛護地球的一份子。」

廣播完畢，唐部長嚴肅的臉孔出現。夏涼深呼吸。

「今天例行會議開始，我想部門同仁應該都接到消息，新推出的直播秀引起不少迴響。就我得到的報告，直播秀準備要進入下一個大轉折。夏主任，我沒說錯吧？」

唐部長單刀直入，通話鈕亮起，夏涼伸手拍了一下。

「是的，部長，我們已經準備好了。警備隊同意我們的支援申請，已經掌握二十九號港工的位置，搜捕隊隨時可以出發。」

「很好，來點刺激收視的轉折不錯，有時候只賣邪惡的反派也不行，要讓正義的一方討回顏面。」

「新設媒體部的員工向我保證這次會有意料之外的發展。」夏涼說。

「很好。別忘了今天晚上警方全力支持，還有十萬人在線上看著我們，我不希望出任何差錯，知道嗎？」

「是的，部長。」

「這場和媒體部共同推出的實境秀，點閱數好不容易累積突破百萬，而且有半數是最近兩週衝刺的結果。所以，這次行動有多重要我應該就不用說了吧？」螢幕裡的唐部長眼神微微移動，對女王來說質疑並不可行。「各單位在例行事務之外，務必全力支援這次活動。如果績效能夠達標，對公司全體也有正向影響。」

螢幕裡唐部長稍微停頓一下，增加戲劇性，讓員工消化她的暗示。

「例行會議結束之後，各小組執行細則會送給各位。」

會議繼續，夏涼毫不在意。那些與她無關，她唯一的任務是今天晚上的直播。屏障降下，會議結束了，夏涼從座位上站起來準備離開。

唐部長驟然現身眼前。

「部長？」

「不用緊張，我只是來跟妳說聲加油。」

「謝謝部長。」夏涼低頭說。

「今天晚上是重頭戲，千萬不要搞砸了。」

「我知道。」

「我到樓上去看你們表現，慶功宴的時候我們再討論一下這個月的積分。」

「是的，部長。」

聽起來他們都很清楚什麼才是最重要的事。唐部長離開時，夏涼冷眼目送，隨後跟著走出會議室，返回自己的辦公室。這廂畫面也不尋常，恬恬居然乖乖端坐在座位上，最愛的宵夜和直播秀扔在一邊連看都不看一眼。

「怎樣？唐部長還在生妳的氣嗎？」她問。

「沒有。」

「那她有沒有找妳說什麼？」恬恬又問。

「只是要我多加油。沒有意外的話，妳今天應該就能達成百萬在線的目標。」

「一定不會有意外。我告訴妳，我們的秀爆紅了。」她很有自信，臉上掛著笑容。

「一個禮拜之內達到點閱數累計破百萬，不錯，妳真的成功了。」夏涼說。她走回工作檯，恬恬跳起來緊跟在她屁股後。

「是我們成功了。」

「真是太好了。」

「妳知道我們在線上節目的論壇討論度有多高嗎？不只是實境秀討論區，還有文學、心理學、哲學、社會頭條都是我們。二十九號港工幫我們公司創造了熱潮！」

今天社交客套夠多了。「妳到底想說什麼？」

「我只是想告訴妳，我們完成了奇蹟。唐部長告訴我，只要今天晚上行動順利，之後連政府都會和我密切合作。到時候我就可以負責一個全新的企劃小組，然後——」得意的恬恬突然打住，有些憂慮看著夏涼。「我知道妳也想要快點把積分衝高，爬到更好的位置去。這次會是我們兩個的機會，千萬不要錯過。」

聽起來差不多是這麼一回事。

「我會做好我該做的事，不會給妳造成困擾。」

恬恬鬆了一大口氣。「我去準備直播上線，其他的事情就麻煩妳了。」

夏涼喚醒自己的電腦螢幕，打開監測畫面。她志得意滿的同事又開始瘋狂的鍵盤音樂，敲打節奏之快堪比專業的電音樂手。點開程式視窗繼續執行工作前，夏涼不自覺搓兩下手，她的手機螢幕又亮了，直播節目正在倒數讀秒。

＊

收拾好東西的生銅背起背包和琴盒，爬下平台階梯點亮頭燈走進隧道。

「生銅仔，你要去哪裡？」

他燈點得太快，把跛腳給驚醒了。懊惱的生銅只能回頭，他的老兄弟雙眼閃動綠光。

「你要出發了嗎？你等我，我馬上收拾東西。」

「不用，沒關係，我可以自己去找涼夏。」生銅說。

「為什麼？」跛腳問。

「我不能再拖累你。」

「你在說什麼瘋話？我跟你說，你東西放下等我，我馬上跟你——」

「你不能跟，我不要你跟。」生銅打斷他，可以的話他真的不希望這一幕變得難堪。

「為什麼？生銅仔，你怎麼了？」跛腳不肯放棄追問。

「不是我怎麼了，是你。」

「我？」

不能再說下去了。「沒關係，真的。剩下的路我可以自己來，你已經做完你該做的事。」

「我？我做完……」跛腳眼中的綠光突然變紅，人也向後踉蹌兩步。

「真的沒關係，我可以自己走完這條路。」生銅說：「你在這裡休息就好。」

「不行、你、你不行……」跛腳眼中紅綠光線閃爍，好不容易才恢復正常的眼睛。「生銅仔，你不要鬧脾氣，我會幫你，安哥和七逃仔也會。」

「他們不在了。」提起失去的兄弟，不啻於在生銅心理插上一把刀。偏偏說出他們的名字的是跛腳，生銅一直信任託付的跛腳。

「我知道他們不在了，所以如果我不幫你，還有誰能幫忙？」跛腳說。他的口氣很無辜，他真的什麼都不知道嗎？如果他什麼都不知道的話，那這一切還能算是他的錯嗎？

生銅眨眨眼，眼睛閃過綠光。訊號隨即傳送到位，跛腳眼睛變綠，那瞬間像斷電一樣，動作、表情、口語都停了下來。生銅知道他看見什麼，那是他曾經否認，卻不得不接受的訊息。

「喔！跛腳的，看不出來動作這麼快，連資料都下載好了。」

「都在資料庫裡面，看你要不要去找而已。」

安哥心裡有疑問，但終究還是點頭贊同說服生銅前往大都市。

「所以我們必須走到西港的回收站，搭上下一班向北的收貨車，就能在一天之內抵達市郊的轉運站。這班車一個月只開一次，錯過就沒機會了。」跛腳告訴仔細傾聽的銅鐵仔。

當安哥慌亂的視線從奔跑的同伴轉到地上被拋棄的裝備時，原先預備掩埋發信器只剩下三枚。

資料庫中的時刻表指示，列車在午夜十二點抵達西港回收站。

「到了，這邊我們得爬進去。」

「走吧！」

「等一下，我走第一個。」

安哥把生銅往後拉，自己義無反顧跳進垃圾河。

無人機密密麻麻飛滿眼前的天空，隨即是一連串的爆炸、火焰席捲，還有臨死前的一道眼色，眼中傳遞安哥最後留給生銅的訊息。

震驚的跛腳目瞪口呆。

「我、我不知道？事情、事情怎麼會變成這樣？」

「我們不能一起走。」生銅說。

「生銅仔，不要這樣，我不知道我做錯了什麼。拜託，是那些坐在辦公室的人玩我的腦子。我、我壞掉了！」

「真的沒關係。」生銅不想聽，他還沒有辦法解讀辯解究竟有多少是真實的感情，又有多少是偽裝的善意。也許等他找到涼夏，驗證成為活人的傳說之後，會有更多的效能來處理這個問題。只是如今他只能回頭轉身，往黑暗裡走去，躲開那雙總是閃動綠光的眼睛。

生銅離開了，身後的跛腳想追卻邁不出腳步，全身發抖往後退，眼中不斷閃動紅光。他握緊拳頭，想叫叫不出聲，前方頭燈的光芒漸漸遠去，他只能往後爬回水泥平台上。他跪在閃爍的工程燈下，拉開工作服拉鍊打開肚子的夾層，拿出正在運作的發信器。

十五、玩火自焚

搜捕隊進入下水道，藉由事先取得的地圖，加上發信器定位追蹤，找到捷徑迅速抵達目標位置。他們是大都會的菁英警工，荷槍實彈要來回收破壞城市的港工。他們有兩個任務目標，上頭的指示是可以戲劇化一點，但不要太過火爆。先來點肉搏戲碼，再用電擊槍癱瘓目標。

警工們謹記指令，搜索隊迅速穿過下水道，垂降來到目標所在的廢棄平台。登上平台的瞬間，所有的警工不約而同愣了一下。眼前的機體數量超過兩個，角落的充電機嘎嘎運轉，不斷發出噪音。

和事先得到的情報不同，搜捕隊隊員向四周散開，迅速清查。

「報告，搜捕隊已進入指定區域，發現五具毀壞機體，沒有發現目標。」帶隊的小隊長回報。

「沒有目標？二十九號港工不在那裡？」通話器另一頭的恬恬比他更加疑問。「可是我明明看見訊號從那裡傳出來呀……」

「沒有發現二十九號港工。」小隊長再次確認。「四周沒有目標的蹤影。」

兩人一來一往通話時，搜查隊隊員總算察覺端倪，從地上撿起發信器交給隊長。

「報告，找到目標發信器。」小隊長接過發信器說：「看來目標擺脫追蹤了。」

「各位觀眾！出現驚人的轉折，目標發現發信器之後，居然拋棄同伴逃亡！究竟事情會怎麼發展下去，請搜查隊小隊長帶給我們第一線、第一手的報告！」

聽見通話器裡傳來的不是任務指示，而是直播秀的串場台詞，小隊長皺起眉頭。他不確定該怎麼處理這種指令才對。

「這裡沒有任何異狀，只有下水道的臭味，還有——」

地上的機體突然抖了一下，吸引所有人的目光。小隊長蹲下將地上的機體翻過身，確認不是爆裂物或是有攻擊性的生物，只是一具癱瘓的機體。警工們根據任務指令提供的資料，認出這是代號四號，俗稱跛腳的港工，老舊的電線插入大腿上的充電孔。

「我們找到四號港工，他是二十九號的港工同伴。」小隊長不大確定自己該不該把話說完。

「他剛剛抖了一下。」

「抖了一下？他還活著嗎？」恬恬立刻問道：「各位觀眾，究竟四號港工是不是還活著呢？」

「還不能確定，不過依我的經驗來看，很有可能是短路引起的痙攣。」小隊長解釋道。

「各位觀眾，小隊長——」

小隊長還沒把恬恬的下半句話聽完，跛腳的身體就噴出火花。所有的警工停下動作，轉頭凝視地上的機體。小隊長腦中瞬間竄出一連串的警訊，老舊的電路、癱瘓的機體、使用瓦斯為燃料的過時充電機，一連串的警訊歸納成一個結論。小隊長似乎可以聽見其他的隊員和他一樣，在那靜默的一秒得出相同的結論。

充電機發出的噪音突然放大數百倍，高溫巨響瞬間貫穿隧道！

*

靜默中，風壓和火焰隨爆炸竄出，轟得獨行在黑暗中的生銅瞬間失去意識——他膝蓋一軟，修正程式立刻出面掌控，撐住他的身體，以免生銅摔進更危險的地方。各個配備重新啟動，迅速分析這波爆炸的來源。

高溫、瓦斯、爆炸，跛腳出事了。

生銅丟下背包和琴盒往回衝，爆炸的餘波迎面而來，感官系統再次陷入混亂。修正程式跳出來將過載的訊息攔截，只將生銅重視的訊息送進處理器。

跛腳出事了。

他只想到這件事，將其他警告全部往處裡清單底下壓。跛腳出事了。熱風和破片刮過生銅的臉，打擊他的機體，卻沒能讓他停下腳步。只是工作服和幾塊皮膚而已，沒什麼大不了的。跛腳出事了。生銅快步奔回到爆炸現場，四周一片狼藉，火焰和屍身橫陳在地。好幾個警工倒在地上，其中一個抓著通話器大吼，跛腳出事了。

「遭受攻擊！遭受攻擊！請求火力支援！」

生銅跳上階梯，伸手扯下警工脖子上的通話器，下死勁捏成廢鐵。目瞪口呆的警工看著他，被突如其來的一幕給嚇傻。生銅睜大雙眼在混亂中搜索，只剩上半身的跛腳倒在平台邊緣一動也不動。

生銅撲向前。「跛腳的？跛腳的你不要嚇我！」

跛腳沒有任何反應，機油從毀壞的機體裡滲出。恐怖的訊號不斷刺激生銅的處理器，跛腳出事了。腳步聲轟隆作響，持槍警工抵達增援。修正程式背叛人格模擬，在龐大的悲傷癱瘓生銅的處理器前，強迫他丟下同伴。跛腳出事了。

「發現目標！散開包圍！」

生銅在包圍網形成之前跳下平台。閃亮的光柱隨即從平台頂端射出，大批警力隨著燈光跳下平台緊追在後。生銅快速奔跑，躲避燈光追索。後方警工追逐加快，龐大的聲勢在下水道裡迴盪共鳴，彷彿有一整支軍隊追在身後。眼前不知為何是一條死路，進退維谷的生銅往廢棄排水溝縱身一跳，裸露的鋼筋貫穿他的胸膛，割開他的左胸。

但隧道裡的黑暗接受了他，生銅用一身傷當代價，換來黑暗的擁抱。他將自己扯離牆壁的爪子，工作服和機體組織發出一串撕裂聲。生銅往隧道深處走，閃閃發光的涼夏在前面等他，哀傷的眼睛噙滿淚水。

「報告，目標逃逸。前方狀況不明，無法追蹤。」

那些聲音被他拋在身後，追蹤他的光柱來回掃蕩，卻無能突破黑暗。有個深沉的聲音在隧道裡迴盪，生銅無法肯定自己是否聽錯了什麼，劇痛幾乎將他整個人劈成兩半，影響了效能／心懸

在涼夏

「辛苦了，先收隊吧。」

「收隊！」

生銅往前走，試著找到光／看著銅鑄的光

*

唐部長現身通訊螢幕，嚇呆的恬恬縮著雙手和下巴坐在座位上，一動也不敢動。夏涼從座位上起身，她的場子來了。

「現在是怎麼一回事？」

「部長，我、我……」

「直播還開著嗎？」

「我剛剛想關掉，可是夏涼不讓我……」

唐部長的視線稍稍偏移，轉到夏涼身上。「直播還開著嗎？」

「還開著，我們完整擷取勇敢的警備隊在爆炸意外中奮勇追捕逃犯，並且救出同袍的獨家畫面。」

「十七名警工輕重傷，損傷過重的機體很可能得除役，妳覺得這樣處理正確？被妳們這樣一搞，我們公司要被警方盯上了妳知道嗎？」

「我們觀眾在線人數突破百萬，只要後續公關能夠將輿論導向支持公司的立場，今天依然是成功的直播。」

「我們和警備隊合作卻把警工炸傷，這算什麼成功？」

「點閱人數的高峰就是成功。」

這句話讓唐部長沉默片刻。

「繼續說。」

「我另外做了統計程式，直播的同時統計觀眾的想法。程式目前還在跑，觀眾目前雖然情緒激動，但還是急著想要知道結局是什麼。」

「所以？」

「接下來無預警收掉節目，只會導致這些觀眾反感，將輿論引導至對抗公司的立場。」夏涼說。

「妳打算怎麼做？」唐部長問。

「給他們一個結局。」夏涼回答。

「這麼簡單？警備隊和觀眾都氣炸了，一個結局怎麼擺平他們？」

「我知道怎麼把逃亡的港工抓回來，還可以將逮捕的過程直播觀眾看。觀眾還不知道今天的場面是意外，我們可以對外宣稱一切都在計畫之中，把話題炒得更熱。為了面子，警方一定會和我們合作，繼續把追捕港工的直播秀做下去。」

唐部長又思索片刻。「妳能把逃亡的港工抓回來？」

「所有的港工的硬體裡，都有儲存總公司和維修站的位置，好讓他們受損的時候可以找到最近的維修站。比起逮捕，我可以做得更好，讓他自願回到這裡。」夏涼嗅得出唐部長動搖了，得再加把勁。

「妳要我怎麼說服金大隊長？」

「我們會全程直播逮捕過程，警方可以輕鬆把兩次爆炸案的主嫌抓到手，永續能源公司也可以做一場警民合作的公關秀。」夏涼說：「這樣不論是公司、警備隊還是觀眾，大家都是贏家，我們還來得及做一個正義必勝的結局。」

「妳打算怎麼做？」

「要媒體部在辦公室和馬路上安排好攝影器材，警方只要派人配合封鎖區域，確定路線淨空。」

「淨空馬路？有必要嗎？」

「港工內建敏感的警報系統，好讓他們隨時應對工作時遇上的危機。」夏涼解釋道：

「二十九號服役時間不算短，我怕要是有什麼地方引起他懷疑，他很可能會立刻消失。更何況，淨空馬路可以營造氣氛，讓觀眾更加期待。」

「如果他警覺心很強，妳要怎麼誘導他走出下水道？」唐部長又問。

「我已經準備好誘餌，一定可以引誘他離開藏身處。」

夏涼把牌都丟上桌，就等對方回應。半晌後，螢幕上的唐部長點了一下頭。

「我醜話先說在前面，要是再讓警方吃鱉，妳就得等著收傳票，上法院解釋為什麼下港的港工會跑來都市放炸彈。公司的法律團隊，最討厭員工和法庭糾纏不清。」

「我不會讓妳失望。」夏涼說。

「由妳負責，把計畫寫好傳給我，在天亮之前跟我報告。記住了，我要全市都因為我們的直播秀達到高潮。好好準備，現在我得打個電話給金大隊長。」

唐部長消失在螢幕上，無形的壓力解除，緊繃的夏涼鬆了口氣，恬恬也終於從座位上起身。

「所以，我的節目還能繼續做下去沒錯吧？」恬恬聲音變得小小的，令人不大習慣。

夏涼沒有接腔。

「小涼，妳會幫我把節目做下去對吧？」

夏涼回到電腦前，開始執行程式，輸入指令。「現在開始，這是我的節目了。」

「什麼？」

「這是唐部長的指示，我會自己把之後的節目完成。」

「妳要自己？做節目？妳會？」恬恬看看夏涼，又看看通訊螢幕，然後恍然大悟。

「是妳……」

「我怎麼了？」

「把劇本直接送到後台執行，那個港工根本不會發現。」

「所以呢？」夏涼說話時連看都沒看恬恬一眼，沒有必要。

「可是妳改了我的劇本，妳讓他發現有人在操控。所以警工到的時候，他就、就……」

「妳到底想說什麼？」

「是妳讓那個港工把警工炸壞？」恬恬問道。

「妳沒有證據。」

「證據？妳把電腦給我！」

恬恬撲上前，機警的夏涼跳起來反擊，抓住她的肩膀將人側摔出去。

「別鬧了！」

甜甜側身撞上辦公桌，爬起來身體歪向一邊，齜牙裂嘴抱著側腹對夏涼咆哮。「妳這混帳、婊子、王八蛋！居然敢搶我的節目？妳只是忌妒我有這麼多觀眾，吃醋才會想要拿走我的節目！」

「我一點都不希罕妳的觀眾。」

「真的嗎？那妳現在為什麼搶我的節目？說穿了妳就是雙面人、心機女！」

「我有我該做的事。」該有所抉擇時，夏涼有不能猶豫的理由。她不想再和恬恬多說，說再多也沒有用，恬恬不會了解。

「哈！承認吧，妳後悔沒有自己做節目。我告訴妳，沒有我妳根本連節目也沒有。」

「是妳從我手上騙走那些港工，把他們當成傀儡玩弄。」夏涼反擊。

「怎麼了？心機女也會同情港工嗎？妳想怎麼樣？告訴他一切都只是誤會一場，叫他乖乖回家撿垃圾？」狼狽的恬恬從地上爬起來。「妳根本是個膽小鬼，敢做不敢當。」

「我只是做我該做的事。」夏涼說：「我會修好他，觀眾們可以看到港工回到崗位繼續服務社會，公司和警方能重建秩序，所有人都有他們想要的結局。」

「真的？就這樣？那妳呢？接下來妳要說妳做的一切，都是為了家裡那個心愛的？妳一點都沒有為了自己，沒有想要證明什麼？」

「隨妳怎麼說，現在節目在我手上，妳已經無關緊要。」夏涼回到電腦前操作，將一個又一個的指令執行下去。她從螢幕的倒影中偷看恬恬，預防滿腔怒火的恬恬再次突襲。那個小女孩拖著腳步往門口走，回頭看夏涼時一點都不可愛了，怨怒交加的臉皺成一團。

「很好、很好，既然妳那麼有自信，那再告訴妳一個業界的祕密。我們這些寫劇本的都知道，沒經驗的菜鳥根本寫不好結局。」恬恬說：「妳是個幸運的小菜鳥，只是自己不知道而已。」

夏涼轉過身看著恬恬。「妳說這句話是什麼意思？」

「聽不懂嗎？不是每個人都和妳一樣，有個好用的藉口躲在家裡，可以不擇手段還受人同情。只是妳能搞我，難道我就沒辦法對付妳嗎？」恬恬的嘴像裂開一樣笑了。

「我聽不懂妳說什麼。」夏涼說。她知道該怎麼說，該怎麼做，在辦公室演了這麼久的戲，夏涼很清楚怎樣應對毫無根據的質問。她有計畫，一切都在掌控中，掠過脊背的惡寒不是當下的重點。

「當然，妳說得都對，當然沒有，對妳來說所有的一切都沒有任何關係。所以我自私自利，不像妳是大愛的聖母瑪麗亞。」

「出去。」

「我會出去，然後在線上看妳的結局是什麼。我們會等著，所有的觀眾都在等。鑰匙卡在這裡，歡送派對就不用幫我辦了。」

恬恬把辦公室的鑰匙卡丟在地上，彎腰駝背的她走出辦公室的姿態像個老人。夏涼盯著她離開，直到辦公室大門的電子鎖確實鎖上才轉身繼續工作。她的手在發抖，她知道自己在做正確的事，嘴唇緊緊抿成兩條細線，可是手還是在發抖。

現在辦公室只有她一個人了。

十六、即景

直播秀落幕好一陣子，阿白還帶著小石頭坐在軟墊上，螢幕上後續的節目已經開始，各式各樣的電子寵物跳舞躍過畫面。他匆匆翻過素描簿，檢視上頭速寫的半成品。他不知道今天會發生什麼事，不過夏涼的口氣他懂，那句要他好好期待意有所指。

「小石頭，秀演完了。」

「秀秀！」

「對，秀秀。」

阿白看著螢幕，小石頭看看螢幕又看看他，兩隻眼睛閃閃發光。夏涼把牠做得很好，就算只是一隻用剩餘零件湊出來的電子狗，小石頭依然是他們最重視的寶貝。阿白想到小鬼，一隻脾氣乖戾的電子貓，和小石頭完全兩樣。還有那些港工，夏涼親自設計、組裝、測試的港工。阿白揮手關閉螢幕開始動筆，他不知道黑筆能不能畫出白色的光，可是危機迫在眉睫，是時候輪到他做一點事了。

*

連續兩天發生爆炸案，城市清潔工依然任勞任怨，穿上連身工作服垂吊進入涵洞，點亮頭燈通通過下水道。負責指揮的呂組長走在最前面，表情嚴肅環顧周圍的混亂場面，背後組員一個個跟上。看看這團混亂，根本和戰爭一樣。

「組長，怎麼這麼嚴重？爆炸嗎？」其中一個組員問道。

「講這廢話，不然是放煙火嗎？」呂組長反問。

「組長，火氣不要這麼大嘛！」

呂組長今天沒心情和貧嘴的組員哈拉。「你們兩個扛這個，另外這個阿銀、小孟過來。」

呂組長指揮組員將殘破的機體搬下平台，準備送到維修站讓總公司的工程師評估，看看是要報廢還是回收再利用。現在是講究人權的年代，所有能為社會大眾服務的資源和勞動力，一點一滴都不能損失。清潔工們把機體裝進堅固的合成纖維袋裡扛走，其他組員開始整理環境，將四散的舊物拆解裝箱。

只是裝著裝著，呂組長發現年輕的小美出了問題。這個呆瓜菜鳥不知道發什麼神經，居然站在角落發呆。

「做什麼？」

小美嚇了一跳。「呂組長？沒有啦，只是看到這些東西很奇怪。」

順著困惑的小美手指望去，地面燒得焦黑。呂組長跑了一下程式，認出那是花枝和草葉的灰燼。

「這種地方不會有花對不對？」小美問。

呂組長揮拳敲小美的頭。「快點把這些垃圾收一收，等一下整理不完你就知死。你以為上頭是叫你下來摘花的嗎？你聽清楚了，我們是收垃圾的銅鐵仔，不是摘花的銅鐵仔，這樣了解了嗎？」

「喔。」

「死菜鳥，就會東想西想。」

呂組長罵完轉身離開，小美站在原地又看了幾秒，才跟上他的腳步。

＊

那時雙眼血紅的生銅從下水道出口爬出來，歪歪倒倒走上大街，驟降的氣溫壓迫他的感官。他眼前一片模糊，混亂的系統漸漸平穩，**纖柔的白迫不急待**開始處理一則則警告，用殘餘的效能將破損的機體運作拉回正軌……

成果不彰，但至少他還能往前走，暫時擺脫追捕，眼前也沒有立即性的危險，只有那些奇怪的光點此起彼落。那不是燈光**看著銅鑄的光**

可是大都市裡還有什麼會發亮？

洗去浮沫的午後涼夏陪在他身邊，擔憂地試圖攙扶他。生銅拒絕了，堅持獨自往前走。高樓大廈層層疊疊的光影壓在他身上，有種無力感緊緊攫住生銅。，**磨光金屬的臂膀**為什麼**懸在涼夏**無害的外在環境，會讓他的感官系統生出詭異的警訊？

有一個光點在離他雙眼特別近的地方炸開，又迅速消散。在雙眼生痛前的一瞬間，生銅總算看清楚了／**我的心懸在涼夏**。

那些光點是街道上的人們用行動裝置捕捉他身影的閃光燈。他們不知道什麼時候圍上來，像貪婪的蟲蟻啃咬著重傷的獵物。生銅得快點離開。**另有一股皮革的氣味**

涼夏跟著他一路走進無人的暗巷。後頭追逐的閃光燈漸漸變少，這些人太習慣光明，不敢走入黑暗。不遠處傳來警車和消防車的警笛聲，生銅找到另外一個下水道的入口，搬開沉重的金屬孔蓋，讓涼夏能先爬進去。

他們只剩下彼此了。**心跳依然倒錯悸動時**

七逃仔死了，斷成兩截躺在鐵道上。

安哥走了，他太生氣了，氣到一把火從肚子裡炸出來，炸斷四肢和腦袋。

然後是跛腳，明明只要再小心一點，跛腳什麼都不會知道

是生銅丟下工作，自甘墮落拉其他人下水**纖柔的白迫不急待擁抱**當一個叛徒／**涼夏**跟在他身

後，那雙憂慮的眼睛沒有一絲一毫的懷疑，她關心生銅，即使生銅根本

　　另有一股皮革的氣味／我

的心懸在涼夏。不懂、不懂，他根本一點也不懂這些詩句有什麼意義。他的腦海裡只是反覆

出現那些殘破的字句，**鋼筋水泥框架困不住**

　肉身該承受驕陽

　解離的雄心蛻下沾黏塵沙的殼

　嚮往的風根本沒有辦法串成一個合乎邏輯的結論。他的同伴上一秒還與他一同工作談笑，一

起在浮島上找尋珍貴的金屬**心跳依然**

　倒錯悸動時／纖柔的白迫不

　急待下一秒眼前是黑暗的下水道，七逃仔死在火裡——不對，是跛腳，還是安哥？誰的身體

斷成兩截？生銅？

　　他斷電了——

他人110下水道，拖著腳往前1111
他的同伴都離開了，至100他還要繼續，不能11000他們期待落1000，變成活10，還有機
會救——
生銅往前走，拖著腳，渾身是傷。他很靠近1011廈，
他渾身是傷抱著涼夏。是他的運氣嗎？生銅雜亂的視聽好不容易將周圍的環境回歸到它們該去的
地方——涼夏，
生銅眼前1'1011——，他沒有跌進汙水裡
生銅往前1000，往前，
生銅醒來，和涼夏蜷縮在下水道
生銅往前爬，往前走，曲折凌亂的路徑下水道的氣味
所以當你踩著回憶回來／沉浸
往前，他故障的眼睛不斷閃動紅綠光芒。**在微熱的池中**
全都完了，擁抱涼夏歌唱的夢想，和同伴們一同慶祝未來的計畫，所有的一切都在他掌中破

碎。程式幫他找到一條路，但也僅此而已。往前，

路——涼夏——4／19／26

時間過去多久了？花

品嘗過鹽粒的滋味

「對、對不起，我不知道我是怎麼了。」生銅說：「我向來都會知道，那些程式會給我回應。可是現在我什麼都想不到，什麼都弄不懂。」

涼夏沒有說話，只是用力將生銅抱得更緊。他們被困住了，逃亡和求生這兩個指令不知為何居然會互相衝突，**蛻下沾黏**努力恢復的一點效能困在衝突的邏輯中，生銅r error error error error error／error error error…………………………………………………………………………………

「他們是無辜的，都是我的錯。」

涼夏鬆開懷抱，雙眼流漏哀戚。

「不是，不是這樣，事情不是妳的錯。妳不會犯錯，犯錯的是我。是我追著妳跑到不該去的地方，但是、但是……」生銅再次將涼夏擁入懷中，他左半邊的身體有個洞，正好容納她

「可是妳看，我抱著妳了。我們走這一趟不就是為了這一刻嗎？我發誓，不管再困難，我都會把剩下的路走完，只要等我好一點，等我找到妳，一切都會改變。」

涼夏閉上眼睛，眼皮底下透出綠光。

「你可以來見我。」

第一次聽見她的聲音，疑問的生銅終於停下腳步，放開她的手。這裡是哪裡？他看見下水道，可是前一秒的記憶還身處在浮島上，什麼時候他走到這裡？是誰把他從錯誤中喚醒？他眼前的綠光，他看見了什麼？

「妳說什麼？」他看著懷中的涼夏，剛剛是她說話嗎？

「妳可以來見我，我正在等。」

「妳在——」生銅眼中射出綠光，不由自主抽搐了兩下，機油從機體裡滲出。

「來這裡找我，我會告訴你結局是什麼？」

「結局？」

「這不是你來的目的嗎？找一個結局，為你的人生找一個出口？」

她知道？我的心懸在涼夏。「我從來不知道妳居然會了解。妳聽得到我的心聲？」

「我聽得到很多事。」

「我居然從來都不知道。可是妳怎麼知道？我在夢中看著妳，妳的樣子……」

「你看著我，我不也看著你嗎？二十——」

「我是生銅！」

「生銅？」

生銅太急了，突然插話才會讓人困惑。「對，我沒有自我介紹，我是生銅。妳是涼夏對不對？」

「我是涼夏。」

「那些詩，那些歌，還有、還有……」生銅有太多太多的思緒，一時間不知道該怎麼和涼夏分享。那些支持他一路走來，帶給他力量，帶給他希望的歌曲、詩句……

「怎麼了嗎？」

「沒事、沒事，只是——只是我不能去看妳。因為妳看看，我的吉他沒了，我不能去找妳。」生銅泫然欲泣，真該死，偏偏在應該冷靜的時候，人格模擬啟動了沒用的功能。

「不，你可以，你不是還有我嗎？」

「還有妳？」

涼夏挺胸屈膝坐正，握著生銅的手。「不是你對我的愛支持你一路走到這裡嗎？」

「是我的愛支持我走到這裡？」

生銅眼睛裡閃過紅光。他的視線從涼夏身上移開，白日的光芒從下水道上方遙遠的孔隙透出，照亮了骯髒的環境。他的雙眼不斷閃現微弱的紅光，腦中破損的硬碟快速運轉，發出可怕的喀達聲。當紅光消失時，生銅眼前已經沒了涼夏的身影。

他的雙眼不再發光，她說得沒錯，涼夏出現救了他，替邏輯找到了出口，是愛讓他一路走到這裡。生銅一隻手扶著牆，一隻手抱著肚子站起來，一步一步拖著沉重的機體向前進。他腦中有份地圖，上頭的路徑閃閃發光。

擁抱那抹白／銅鑄的光懸在涼夏

十七、二十九號港工的禮物

在空拍機的注視下，永續能源大樓還維持著一切正常的假象。在夜色裡、鏡頭外，警車封鎖每個路口，全副武裝的警工在金大隊長的帶領下，躲在掩體後蓄勢待發。只要高層命令一出，這些警工會立刻將為非作歹的叛亂分子制服。氣氛肅殺，根據程式估算，從攝影鏡頭找到罪犯、高層下達命令、發動攻擊，整個過程只需耗時千分之一秒。

所有人都在等待，觀眾們盯著他們的螢幕，警工盯著他們的監視器。怪的是身陷風暴中心的兩人卻什麼都看不見，一個在上一個在下，一步步走進精心設計的結局。

生銅鑽出下水道口，一跛一跛的腳步漸漸吸引所有人的注意力。埋伏的警工抓起通話器通報，訊息傳遍封鎖網。空拍機悄悄從天上靠近，將生銅的身影攝入監控畫面中。損壞的銅鐵仔看不見包圍他的人牆，以為自己走在空無一人的大馬路，抬頭望向永續能源大樓，走了好一陣子才終於走到門前。大樓像是感應到生銅的到來，自動敞開玻璃門放他進入，投射出強光指引。生銅在光圈外站了一下，彷彿強光令他頭昏目眩，需要時間適應。

他繼續邁步向前，玻璃門闔上，大批警力湧出藏身處。

來回踱步的夏涼的耳朵上別著微型通話器，時不時和金大隊長交換訊息。「目標進入大樓。人員引導順利，目標沒有懷疑。」

夏涼停下腳步，終於來了。「謝謝你，再麻煩你們繼續監控。」

「妳記住不要有計畫之外的動作。」

「我知道。」夏涼雙手撐在工作檯上，弄不懂為什麼自己這麼緊張。

好一陣子之後，金大隊長的警示再次傳來。「他要進辦公室了，注意。」

夏涼深吸一口氣，生銅終於拖著腳步走進辦公室，動作慢得好像行將就木的老人。他環顧四周後腳步停在門口，視線停留在夏涼身上，張大嘴巴似乎想說話，好一陣子兩人之間只剩細微的機器刮擦聲。

他就是夏涼設計要捕抓的港工？

「你好？你是生銅嗎？」夏涼打破沉默。

生銅點點頭，依然張著嘴巴，不知道為什麼這個動作比他胸口的大洞還嚇人。肢體有輕微、不定時的抽搐，感官系統、感官配備想必都故障了，機體協調出了問題。眼球泛紅，警示燈閃爍，處理器快撐不住了。

「你想說什麼嗎？」夏涼問。

生銅緩緩開口時是對著潔白的地板說話；他看不見夏涼嗎？

「妳是、是誰？」

「我是——」夏涼猶豫了一秒。「我是涼夏。」

「妳是，我……終於見到妳……」他說：「我想、想唱歌給妳聽，可是、可是我一句，都唱不出來。」

「沒關係，我——」

「妳是我想的那個、那個人嗎？」

「你是指？」

「涼夏，妳是涼夏？」

夏涼堅定信心開口說：「沒錯，我是涼夏。」

生銅抬頭，散亂的視線好不容易終於正對著她。「抱歉，我沒認出你。妳和我之前看到的不一樣，妳之前沒戴眼鏡，也沒有、沒有……」

生銅又把頭低下去，手在髒褲子上擦了兩下。他想到什麼沒說？夏涼有些好奇，又有些害怕，再不說的話這個生銅恐怕就再也沒機會了。

金大隊長的聲音透過通話器傳來。「人員就定位。」

「等等！」夏涼趕緊說。

「怎麼了？」

「再給我一點時間。」她壓低音量，即使眼前的生銅根本不在意她在做什麼。

「這和說好的不一樣。」

「我知道，可是節目還沒完。目標幾乎沒有行動能力，你們可以多等這一下，讓我們拍一些畫面。我得修好他，這是計畫好的。」夏涼話說出口才想到觀眾也正聽著她說話，這段話播送出去，應該有不少觀眾看著螢幕冷冷訕笑。

「出事妳知道後果。」金大隊長結束通話，緊張的夏涼抬頭看生銅，他迷茫的視線還是無法聚焦。她得把握時間，不管是她還是生銅，時間都不多了。

「你的眼睛受傷了？」

「我知道，只是還有更重要的事。」生銅說。

「你全身都是傷，除了這個之外還有什麼更重要的事？如果你肯到這邊躺下來，我可以幫你。」

生銅張開嘴嘴巴想說什麼，然後又搖搖頭。「不行。」

「為什麼？」

「我怕。」生銅不像在說謊，他真的渾身發抖。

「怕？」

「我寫了一首詩給妳，我怕我過去就全部忘光光了。」

「詩？」

「對，詩，可是我只記得一句，我的心懸在涼夏。」他說這句話的時候臉上泛出笑容。夏涼真希望恬恬人在這裡，才方便將她大卸八塊。

「我全部忘光光了，真好笑，我自己寫的，然後全部忘光光了。」生銅笑著說，他的笑令夏涼痛苦。

生銅用袖子擦掉鼻子和嘴巴裡滲出的機油。「我很好笑對不對？」

「你一點都不好笑。」

「對，我不好笑，搞笑是七逃仔做的事，可是他死了。」生銅說。

「七逃仔——你是說二十六號？」

「我不記得，記東西是跛腳的專長，可是他也死了。」說起同組的港工，生銅的笑容漸漸消失。

「四號的事我很遺憾，我們本來只是想要追蹤你們，沒想到事情會變成這樣。」

夏涼說完後，生銅愣了好一會兒。效能低落的機體需要時間將訊號送進處理器，好讓他開口提問。夏涼好像可以看見那些訊號在一段又一段的線路中轉換，艱難地通過破損的晶片。

「你們是誰？」生銅問。

「我們是一個團隊，今天你和我見面就是我們團隊設計出來的，包括你的歌和你的詩，還有你為什麼來到這裡。這是一個節目，原本只是想讓大家看看你們而已。」夏涼試著把語氣放輕鬆，好讓這件事聽起來沒那麼殘酷。

「我、我來這裡？我不知道……」生銅伸手扶著門框。「你們設計我來這裡？還有我的詩？」

「詩不是你寫的，歌也是預先錄好傳給你。」夏涼說：「你有權力生氣。」

生銅花了點時間才搖頭說：「我不會生氣，生氣不是我的事。」

「真的嗎？就算我告訴你，你會愛上我，甚至是來到這裡也是我設計的，這樣你也不生氣？」

「妳？」他臉終於正面朝向夏涼，這小小的動作讓他整個人往左半邊傾斜，背彎得似乎快斷了。他踏進門內，踏著碎步深入辦公室，夏涼一瞬間有個衝動想逃跑。

「對，我設計了一個程式，你這一代的機體都有安裝。只要你的晶片出現損壞沒辦法自動修復，就會啟動程式。」她鼓起勇氣說。

「晶片？我的腦子？壞掉了？」生銅跪下，好像事實終於將他給壓垮。夏涼狠下心繼續說，生銅有權知道是誰讓他走到這一步。

「我知道港工的AI會抗拒維修站，為了不讓你們產生反抗心理，這個程式會告訴你們，說你們愛上了某個維修站人員，鼓勵你們去維修站報修。」

「愛……妳愛……」

「我猜你真的非常嚴重，才會想要找我這個機訓師，而不是維修站的員工。」

聽完夏涼的告白，生銅跪在地上動彈不得。夏涼等著他痛哭，或是崩潰咆哮，祈求救贖，這是唐部長指定的高潮。但眼前只見生銅慢慢拉開工作服的拉鍊，露出肚子的夾層，一點也不像絕望發狂的港工。

「你要做什麼？我剛剛說的話你聽見了嗎？」夏涼追問：「你不生氣嗎？」

「有。」生銅的聲音像預先錄好的電子聲。「我很生氣。」

「我寫的程式還會傳送訊號給你周圍的組員，給他們暗示，要他們幫忙把受損的同伴送去維修。」

「我知道。」

「你怎麼可能知道？」夏涼皺起眉頭，生銅有聽懂她說的話嗎？還是說他的處理器已經壞到沒辦法處理新的資訊？

「因為無所謂。我像個傻瓜天天撿垃圾的時候，是妳救了我，給了我一個新目標。安哥說我可以變得不一樣，他說的沒錯，我已經不一樣了。」生銅的語氣意外平靜。「我一直以為是妳，結果原來不是。是我們，我們必須離開下港，不是我們要去大都市。」

「你說什麼？」夏涼聽糊塗了。「不對，你什麼都不懂。」

「不對，我真的懂。妳看，我帶了花給妳。」

生銅掀開工作服，打開肚子的夾層，無數的花瓣從他裡頭滾出來，一團一團腐敗變色的蓓蕾砸了滿地都是。夏涼目瞪口呆。

「這些是……」

「抱歉，它們本來很好、好看，只是變了。我們都變了。」

「我可以讓你變好。」夏涼忍著不讓聲音顫抖。「只要你過來躺下，我可以幫你。一切都可以回到正軌，大家都會有好結局。」

「沒關係，不重要了。」生銅最後一次抬頭，正對著夏涼的眼睛說：「妳真的好美，美到超出我的想像。」

「你——」

「花給妳，然後我就要走了。」

「走？你還能去哪裡？」夏涼問道。

「我不知道，但這才是最重要的，我要去不知道的地……」

霎時，生銅低頭張嘴，陷入沉默停止運作。辦公室裡一片死寂，夏涼花了一段時間才回過神。

她該做什麼？其他人遇上這種狀況都做了什麼？環顧四周，突然間辦公室變得像陌生人的房間，狹窄壓迫，動輒得咎。厚重的外套也擋不住洶湧惡寒，每個閃爍的螢幕都成了毫無表情的觀眾，板著臉孔等待。

或許……

她舉手按住耳邊的通話器。

「目標停止運作，你們可以進來了。」

「收到，行動。」

等待時，夏涼拿下眼鏡。

十八、收幕

辦公室封鎖消毒，這是當然的，誰知道這個骯髒的銅鐵仔去過什麼地方，把什麼東西帶進永續能源公司大樓，這些東西得慎重對待。清潔工請夏涼挑了幾樣重要的工具和電腦，用儀器徹底分析過後確認沒有汙染，才讓她帶出辦公室。

她得暫時和維修組的成員共用辦公室，正好方便夏涼遠離其他員工，專心處理後續報告。一切都按照程序來，沒什麼好擔心的。直播秀的結局播出之後，觀眾的反應意外冷淡，評論家認為比起開場時的激烈風格，最後收幕顯得蒼白無力。總部長召開記者會，警民合作大獲成功，所有人事物回到原先的位置，進步與繁榮再一次戰勝意圖顛覆的反動分子。開記者會的時候夏涼坐在小隔間裡，看著螢幕裡光鮮亮麗的部長級人物握手致意。她拿了五百點，至少這算得上是不錯的成績。

這天下班前，夏涼終於整理好報告和心情，在維修組組員的目送下離開辦公室。她習慣這種視線了，最近每天踏進辦公室和離開時都會來個一次。她前往唐部長的辦公室，希望別拖得太久。

進門時，唐部長坐在螢幕前打字，窗外城市的燈光已經黯淡，一個繁忙的夜晚又要結束了。

「部長早。」

「等我一下，我得把這封信寄出去。」唐部長寄出信件，正眼看著夏涼。「這樣應該就能把胡恬恬送回媒體部，不會再煩妳了。」

「謝謝部長。」夏涼由衷地說。

「報告我收到了，這次活動讓總部長有新想法，接下來她要我們想辦法弄出新式的娛樂機體。新機體不用去港口挖垃圾，只要負責當公司的實境節目主持人就好。」唐部長說：「這會是一件大企劃，我打算交給聖美他們那組人做。」

「陳經理很專業，一定會做得很好。」

唐部長手一揮關掉螢幕，向後靠在椅背上，雙眼直視夏涼。「那個花的事情我怎樣都不懂，胡恬恬不是只傳了詩和歌嗎？」

「上個世代AI的成長有突破性的發展，也許我的程式有哪個環節，觸動AI產生設定之外的新行為也說不定。」夏涼回答。

「這也不是不可能，難怪二十九號會壞成這個樣子。」唐部長撇下嘴唇搖搖頭。「總而言之，事情算是告一個段落了，現在我想妳先繼續待在原位，等風頭變小，我們再來討論要怎麼幫妳安排。」

「謝謝部長。」

夏涼猜測談話該結束了，可是有個直覺告訴她沒這麼簡單，否則不會特地把她叫進辦公室。唐部長還想說些什麼，那些細小的徵兆透漏不同的訊號，來自嘴角、雙手、耳朵、眼睛。

「我聽說辦公室的網路社群最近在流傳一些事情。」唐部長說：「我大概知道來源是誰，又為什麼會針對妳。」

是這件事呀？夏涼等著唐部長再說多一點。

「我希望接下來公司的大計畫，能讓這些人忙到連流言都沒辦法傳，這次直播秀是我們的勢頭，要趁機把握才行。不過妳也知道公司對非法的婚姻關係是什麼態度，妳最好多注意。事關人口控制政策，要是出問題誰也沒辦法護航。」

「我知道了，部長。」

「我聽測試場的實習生說妳最近很少過去。」唐部長雙手交疊在桌上，姿態端莊像個法官。她為什麼突然提起測試場？或者夏涼該問，是哪個實習生這麼厲害，可以和部長說到話？

「夏涼，妳以前是我學生我才和妳說這些。妳有點理想化，希望事情盡善盡美，但是永續能源公司偏好穩健的風格。趁來得及，如果妳想，我可以幫妳做點安排。」

原來如此。「謝謝部長，不過我會繼續待下去。」

「妳有待下去的理由嗎？」唐部長問。

「有一個。」夏涼回答：「即使永續能源公司倒閉，只要他們繼續付我薪水，我就會繼續待下去。」

「離開這裡同樣有薪水，而且不必領得膽戰心驚。」唐部長意有所指。「妳想過後果嗎？」

「謝謝部長，但是就像妳說的，我是個理想化的人，我需要理想的薪水，去買我理想的生活。」

唐部長挑起眉毛。「我還真的看錯妳了。我很少看錯人，這次我該說幸好嗎？」

「部長的標準比較高。」夏涼回答。

「妳愈來愈會說話了。先去忙吧，我也還有事情要做。」唐部長把電腦螢幕點亮，準備繼續工作。「對了。」

「部長還有什麼吩咐嗎？」

「妳的報告說除了二十九號確認除役之外，其他的機體都已經還原原始設定，重新回到線上工作。」唐部長看著螢幕說：「二十九號除役之後會有人力缺口。」

「我會盡快找到合適的機體補上。」

「處理完給我一份報告。該做的事情不能隨便停擺，永續能源肩負重大，有整個國家的百姓看我們吃穿。」

「是的，部長。」夏涼離開辦公室。

她腳步才剛踏上走廊，口袋裡的手機便發出清脆的聲響，看來有人很想她，天還沒亮就起床傳訊息。夏涼加入走廊上的人潮，拿出手機打開影片訊息。畫面中的阿白換下睡衣，穿上全套隔離裝備，戴上厚重的防毒面具，小石頭在他腳邊興奮地跳來跳去。

又到了這一天嗎？

換好裝備的阿白準備前往生物實驗室，他的臉被蓋在防毒面具之後，但是他的聲音異常興奮。

「小石頭，走吧，我們去接媽媽下班。」他對小石頭說。

「媽媽！」

「對，媽媽。」

阿白拿著手機打開公寓大門，大步踏出室內。影片在這裡結束，後面是文字訊息。真是傻瓜，以為看不到表情，夏涼就看不出他在演戲嗎？他還在努力扮演快樂的好伴侶，想辦法讓透不過氣的夏涼沒有後顧之憂。雖然知道阿白不可能到公車站接她下班，但這也是他們的夢想之一，阿白總是會記得這些小事。

這些小事給她繼續走下去的動力。夏涼把手機收回口袋，穿越人潮向前疾行。

*

夏涼：

我猜妳會上公車才看。

我今天會晚點回家，不要太擔心，我很清楚自己的狀況，不會繞太遠。今天大掃除完成了，雜七雜八的東西都整理好，小石頭也有幫忙。

最近我常想到我們的夢想。我們要去雪山度假，我們要有一間大房子，還有很多從沒說過，但是迫不及待要實現的夢想。然後，我們會有孩子，很久很久以後，妳會告訴她是隻電子貓帶著爸爸找到妳。

我一直沒告訴妳，當初看到妳拿臨時湊合的工具，捧著傅太太的電子貓，想盡辦法要幫牠把燒壞的電線接回去時，我看見的不僅僅是一個打工換宿的交換生，而是天使。冰冷的金屬因為妳活了起來，對這個世界亮起雙眼。是那道光，讓我這個一出生就在等死的人下定決心逃出療養院，投入妳的懷抱。

我找到能幫忙的工作室，他們保證不會花太多時間。我們難得幸運，如何保存畫作是極少數沒失傳的傳統工藝。未來不論還有多少風霜，請妳記得是那年陽光照亮陰暗的病房，把夏日帶給一個冬季的囚徒，給他許願的機會，不再形單影隻。

等我。

白

*

清晨的下港和往常一樣，太陽還沒全露臉，銅鐵仔便起床走出房門，三三兩兩揹起裝備走到路上，鋪出通勤的人流。他們走在一起，感官系統接收到的資訊不斷輸入，愈動愈快的處理器恢復效能，造出一則則訊息隨著電流輸出。下港小鎮動了起來，又是嶄新的一天，浮島給拖船帶進港灣。

差不多同一時間，在另一邊的山坡上，有個猴子樣港工叫鐵支，正跳上跳下拉著嚴肅的新同伴正甲往後山走。正甲用不著精神分析，也能清楚知道自己快被鐵支搞瘋了。工作排程的訊息不停跳出來，處理器效能全被這些訊息佔光了。

「你到底要做什麼，都快過上工時間了還想怎樣？」正甲罵道。

「你不要唸了啦，跟我來保你好沒你壞。」鐵支拉著正甲穿過稀疏的雜林。

「你這隻瘋猴子到底要做什麼？」

「給你看我的寶貝呀！」

「幹，如果你要——」

「噓！」

鐵支豎起指頭要正甲閉嘴，拉開樹枝露出山坡後的花田。正準備破口大罵的正甲頓時看傻了眼，一時間說不出話。

「這是？」

「這些都是我的寶貝。我發現它們生在這裡，現在我每天都會來澆水，結果昨天都結苞了！」鐵支笑嘻嘻說：「就跟你說有好沒壞。」

「要開花了嗎？」正甲結結巴巴問道。眼前的美景像是綠色的絨毯上灑滿細小的白色珍珠，他連說話都放輕，就怕會不小心弄壞眼前的美景。工作排程已經給擠到一邊，壓在處理程序的最末端。

「我也不知道，看起來還沒有。」鐵支回答他的問題，開心得呵呵笑。「你坐一下，我去照顧這些寶貝。」

這是鐵支的人格，幫他寫設定的工程是不知怎麼了留下一個漏洞，讓他可以暫時脫離日常，忙點自己的小事。鐵支欣然接受，倒是正甲目瞪口呆，只能就地坐下，試圖理解眼前的景象。

有一小段數字不知怎麼居然壓過不斷召喚他的工作排程。

鐵支從樹下翻出工具，開始幫花田除草澆水。這些嬌嫩的小東西要照顧好，可是一點都不能隨便，鐵支可是查了好多資料，才終於弄清楚整個程序。等這些水呀土的弄完，接著就是等——等等，這是什麼聲音？

疑惑的鐵支回頭望，陽光照得他眼前滿是青一塊紫一塊的雜訊，在異樣的光輝之後是正甲張開嘴巴發出聲音，他在唱歌嗎？鐵支放下工具，腦子像塊石頭一樣硬的正甲開口唱歌？港工變成活人的機率說不定還高一點。可是鐵支真的聽見了，正甲唱著歌，好像他的心情非得靠著一連串毫無意義的聲音才能抒發。

鐵支知道了，是他的花，他的花弄壞正甲假正經的腦袋，現在整個世界都不一樣了。他繼續忙手上的工作，忽略工作排程不斷跳動的提示訊息。等找到方法，他會關掉這些訊息，然後他就會像正甲一樣變成會唱歌的銅鐵仔。種花、唱歌、心不在焉，鐵支忍不住竊笑，不知道的人會以為他戀愛了。

正甲模糊的歌聲理應傳不了太遠，所以港工粗皮坐在港邊的繫船樁上，把紙頭鋪在大腿上寫東西時，什麼也沒有聽見。這是自然的，晚冬的東北風吹得他滿耳雜訊，吹得四周景物呼臘作響。

「粗皮，這麼早喔？」

「早起精神好呀。」粗皮抬頭回話。他的新組員踏著晨曦向他而來，粗皮揮揮手算是打招呼。

「寫什麼呀？」組員們走到他跟前。

「沒有，只是想到亂寫而已。」正好完成一個段落，粗皮把紙和筆收進口袋裡，手撐著繫船樁起身。他的右腳有點歪，回收機體使用起來總是要小心一些，風吹得他站不穩。

「這麼小氣？講來聽一下又不會死。」

「都是些鬼話，你是要聽身體健康的嗎？」粗皮打哈哈說，恢復平衡開始走路。

「你怎麼知道？他身體快要被維修站收回去了，你快點念一下，當普渡眾生啦！」

「幹，是在哭夭？」

他們又吵起來了，其他人被逗得哈哈笑，這組銅鐵仔上工時總是不乏笑聲。

「你們兩個活寶夠了。粗皮才來第三天就看你們笑話，你們是要給他笑到退休嗎？」

這一幕有說不出的熟悉感，但真的要往細節探究，硬碟裡又沒有半點資料可以提供。

真是奇怪。

粗皮思索著，腳步隨同組的銅鐵仔往垃圾島的方向走，他們上工快遲到了，提醒訊息從視野邊緣跳出來警告他們。應該加緊腳步趕路，可是粗皮卻不自覺地想要回頭，他的感官系統不知道哪裡出了問題，從剛剛開始就一直要他注意後頭。

上工時間到了，沒什麼比這更重要。粗皮忍住心裡的疑惑，來到港邊面對今天的浮島。浮島的尺寸壯觀，還有個貨櫃橫倒在上頭，看來今天的收穫不會少。工人們著裝準備踏上垃圾島，粗皮仰頭看著貨櫃，幸運逃過鏽蝕的金屬閃閃發光。

這就是了。

粗皮回頭，山坡上有日光投下，金黃色讓眼前一片迷濛。突然間這片景致，每天由感官系統接收、大同小異的雜亂環境有了意義，多了一條註釋。難怪。

「纖柔的指掌托起銅鑄的光。」

「你說什麼？」他的同伴回頭問。

「沒什麼，真的沒什麼。」心裡的聲音意外脫口而出的粗皮笑著說，揮揮手要其他人繼續，他會跟上他們，只是要稍微耽擱一下。他又拿出紙頭，匆匆寫下一行字，閉上眼睛又睜開，確認心中、眼中、耳中所見一致。沒錯，他看見也聽見了，有個聲音，模模糊糊像是雜訊，只是幾個零碎的字元拼湊出來的資料。

是個開始。

他繼續整裝，背對朝陽踏上浮島。

但還不到時候，那個聲音，搔著他後頸的熱。又有幾個前面的夥伴回頭，可能只是要確認粗皮是否跟上，卻又多停了幾秒。粗皮猜想背後日光正收拾影子，背景變得銳利清晰，夜裡沉睡的石漸漸清醒。他想停下腳步多寫一點，但不行，還不到時候，要有耐心，路還很長，時間很多。得等到冬去春來，等他想通要如何作收。在炎夏，會別有一番滋味。

（完）

後記

爆個大家可能已經發現的料，言雨打算寫詩，結果是場災難。

世事總是如此，也有句話說偉大的作品都是重寫的。於是收拾心情之後整裝出發，用剪貼簿和 Word 回到熟悉的小說領域，重新拼裝一篇科幻故事。只不過上次出科幻作品已經是超過十年前的往事了，不曉得有多少讀者還記得言雨其實是寫科幻小說出道？

當初寫科幻作品，得了個小獎又推出出道科幻作品，回首依然意外又不解。如今從言雨到盆栽人，《狂魔戰歌》到《善提經》，兜了一圈又是個意外，突然間一篇作品橫空砸中腦袋。這念頭來得又急又快，只差一點點理智的手就要錯過瘋狂混亂的思緒，丟失了紀錄。

要謝謝幾位幫了大忙的好人們。

首先是秀威出版社，特別是責編彥儒，盆栽人各種奇思異想得以付印成冊全要歸功他們。感謝無以言喻，未來還請各位繼續指教幫忙。

再來是昱喬，要謝謝她在本作初稿階段，提供鞭辟入理的解析和建議，指引我為本篇作品增添更加豐厚的血肉。希望我這不及格的學生，最後交出的成品能讓妳滿意。

謝謝蕭先生的啟發和鼓勵，你的善意成了喚醒銅鐵仔的朝陽，讓他們踏上旅程，有決心和勇氣走得更遠。我作夢也想不到有一天新作品的題材會這樣出現，拙作不成敬意，還請笑納。

最後，是把本書捧在手中的讀者，各位的支持是盆栽人持續呈茁壯的動力。

醸冒險58　PG2662

虛擬詩情

作　　者　言　雨
責任編輯　陳彥儒
圖文排版　黃莉珊
封面設計　王嵩賀

出版策劃　釀出版
製作發行　秀威資訊科技股份有限公司
114 台北市內湖區瑞光路76巷65號1樓
電話：+886-2-2796-3638　傳真：+886-2-2796-1377
服務信箱：service@showwe.com.tw
http://www.showwe.com.tw
郵政劃撥　19563868　戶名：秀威資訊科技股份有限公司
展售門市　國家書店【松江門市】
104 台北市中山區松江路209號1樓
電話：+886-2-2518-0207　傳真：+886-2-2518-0778
網路訂購　秀威網路書店：https://store.showwe.tw
國家網路書店：https://www.govbooks.com.tw
法律顧問　毛國樑　律師
總 經 銷　聯合發行股份有限公司
231新北市新店區寶橋路235巷6弄6號4F
電話：+886-2-2917-8022　傳真：+886-2-2915-6275

出版日期　2022年6月　BOD一版
定　　價　260元

讀者回函卡

Printed in Taiwan

國家圖書館出版品預行編目

虛擬詩情/言雨作. -- 一版. -- 臺北市：釀出版, 2022.06

面；　公分. -- (釀冒險；58)

BOD版

ISBN 978-986-445-649-9(平裝)

863.57　　111005528